家藏文库

板桥杂记

〔清〕余怀 著 苗怀明 注评

中州古籍出版社
·郑州·

图书在版编目(CIP)数据

板桥杂记 /（清）余怀著 ; 苗怀明注评. —郑州：中州古籍出版社，2015.11（2024.4重印）
（家藏文库）
ISBN 978-7-5348-5751-5

Ⅰ.①板… Ⅱ.①余… ②苗… Ⅲ.①小品文-作品集-中国-清代 Ⅳ.①I264.9

中国版本图书馆 CIP 数据核字（2015）第 277608 号

JIACANG WENKU：BANQIAO ZAJI
家藏文库：板桥杂记

选题策划	卢欣欣
约稿统筹	卢欣欣
责任编辑	张　雯
责任校对	李接力
封面设计	王　歌
版式设计	曾晶晶

出 版 社	中州古籍出版社（地址：郑州市郑东新区祥盛街27号6层 邮编：450016　电话：0371-65723280）
发行单位	河南省新华书店发行集团有限公司
承印单位	河南新华印刷集团有限公司
开　　本	640 mm×960 mm　1/16
印　　张	13.5 印张
字　　数	160 千字
版　　次	2015年11月第1版
印　　次	2024年4月第3次印刷
定　　价	20.00 元

本书如有印装质量问题，请联系出版社调换。

余怀像

余怀书札

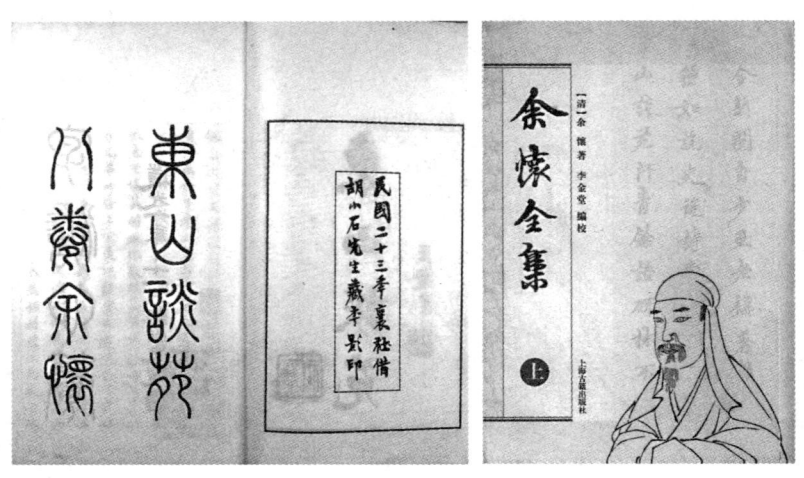

据胡小石藏本影印之《东山谈苑》　　上海古籍出版社2011年版《余怀全集》

清乾隆间《说铃》本《板桥杂记》

瓣香阁抄本《板桥杂记》

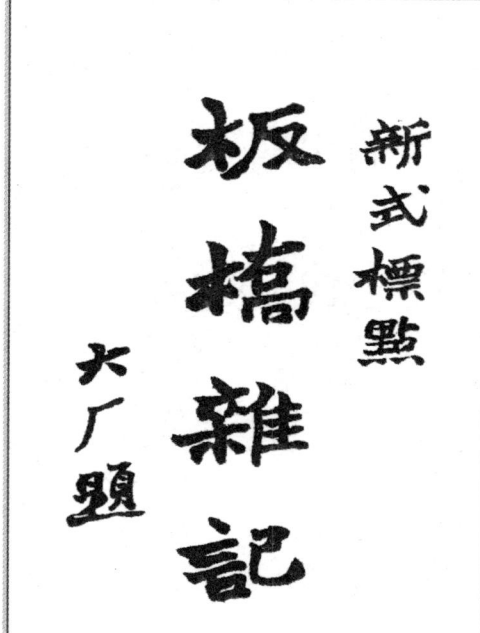

上海扫叶山房版《板桥杂记》

前言

风月秦淮视野中的故国情怀

康熙三十六年（1697），刻书家张潮刊行了一套大书"昭代丛书"，这套收录一百五十部著述的丛书刚一面世就引起世人的关注。不过这种关注在很大程度上是由一部一万多字的奇书引发的。

这是一部什么样的奇书呢？从内容上看，不过是一段风月繁华的记录，类似题材的著述前代已有不少，如《北里志》《教坊记》《青楼集》等，但该书并没有重复前人的老路，而是另辟蹊径，以十里秦淮狭邪艳冶的追述寄托故国之思、兴亡之叹，为风月繁华注入新的内涵。这种独特的视角和新颖的写法不仅令人耳目一新，而且也引起了人们的争议，这种争议一直持续到当下。

这部书就是《板桥杂记》，它出自余怀之手。

一

余怀（1616～约1695），字澹心，一作淡心，又字无怀、广霞，号鬘翁、寒铁道人、无怀道人、鬘持老人等。尽管一生写有不少著述，如《甲申集》《枫江酒船诗》《五湖游稿》《玉琴斋词》《三吴游览志》《东山谈苑》《余子说史》《砚林》等,在当时江南的文坛上也颇有些名声,受到吴伟业、王士禛、尤侗等人的赏识,与杜濬、白梦鼎齐名,被誉为"余杜白",但如果没有这部《板桥杂记》的话,余怀在中国文学史上的光彩一定会暗淡许多。

从余怀的生平经历来看,并没有多少值得记述的大事。他虽然出生在福建莆田,但从小就跟随父母迁居南京,晚年移居苏州,足迹遍及扬州、杭州、绍兴、松江等地,对江南各地山川风物、乡风民俗的熟悉程度远远超过自己的家乡,他本人也自称江宁余怀、白下余怀,可见其情感所系;他虽然有匡世之志,游学南雍,参加科举考试,但没有获得任何功名,只是做过一段时间的幕僚,终其一生都是一介布衣的身份;他虽然自命风流,混迹于旧院名妓间,但并没有多少可以挥霍的钱财,晚年卖文为生,生活拮据,甚至连《板桥杂记》的刊刻都要请托他人。如果没有崇祯十七年(1644)的甲申之变,他的人生道路几乎没有悬念,不过是一个沉醉于六朝烟粉的风流文人。

崇祯十七年三月十九日,李自成率军攻入北京,崇祯皇帝自缢身亡,但这场巨变的最终受益者却是清朝。这个来自白山黑水间的彪悍政权冲出山海关,马踏江南,只用了一两年的时间就以残暴、血腥的方式完成了王朝的更替。伴随着改朝换代的是千千万万士人及其家庭命运的改变,由此也催生了一个效忠于旧朝的庞大遗民群体。余怀正是这个群体的一员,这一年,他二十九岁。王朝更迭首先改变的是他本人的生活,其家产在战乱中被洗劫一空,妻子也因受到惊吓而死,身边不少亲友或为国殉难,或惨遭屠杀。快乐、安逸的生活如风而逝,一位倜傥潇洒的风流文人转眼间流离失所,不名一文,"破产丧家,流离他郡"(余怀《冒巢民先生七十寿序》)。国破家亡这个词对余怀来说,已不再是史书上遥远漠然的记载，而是一段刻骨铭心的亲身体验，其内心的悲愤之情是可以想见的。

如此惨痛的人生经历也就决定了余怀后来思想情感的取向，他留恋昔日诗酒风流的快乐生活，不可能认同乃至归顺这个新的外来政权。他年轻时曾多次参加复社的雅集，"与诸位名士厉东汉之气节，揽六朝之才藻。操持清议，矫激抗俗"（余怀《冒巢民先生七十寿序》），对人格操守与气节极为看重。甲申之变后，他又秘密参加反清复明的抗争活动，但过了没有多久就发现大势已去，事不可为，只得漂泊各地，寄情山水，通过文学创作这种形式坚守和抗争，抒发亡国之痛、丧家之悲。虽然他只是一介布衣，并没有从前朝获得任何功名和利益，但在关键时刻，他却表现出高尚的人格和可贵的气节。

以崇祯十七年甲申之变为界，可以将余怀的人生历程与文学创作分为前后两个阶段。在前一个阶段，余怀流连旧院，贪恋风月，所写多有与秦淮歌妓来往的绮丽文字，尽管文学成就不是很高，但对了解明末江南文化具有重要的史料价值。可惜余怀晚年思想转变，悔其少作，舍弃了这些作品，"甲申以前诗文尽皆焚弃，中有赠答名妓篇语甚多"（《板桥杂记·后跋》），后人因此难以寓目。今人所能看到的诗文、杂记等著述，基本写于后一个阶段。在这一阶段，经历过沧桑巨变，看惯了人情冷暖，无论是吟咏山水之作，还是赠别文字，都带有浓重的身世之感，他坚守气节，怀念前朝，追思故人，创作始终围绕着今昔之别、兴亡之叹这个主题进行。余怀的作品在当时颇受赞誉，吴伟业以"后生领袖"期许，王士禛读过《金陵怀古诗》后将其比作唐代的刘禹锡，这无疑都是很高的评价。

余怀才华过人，学识渊博，平生著述甚多，他本人曾乐观地介绍，这些著述当时"虽未雕板问世,而友人借抄,几遍东南诸郡"(余怀《幽梦影序》)。但令人遗憾的是,今天所能看到的文字只是他平生著述的一小部分,还有不少著作如《古今诗品略》《说诗》《党鉴》等皆已佚失无传,这与其著述中多有违碍文字有关,也与其晚年生活困顿、无力刊刻有关,否则余怀留在后人心目中文学家和学者的印象将会更为鲜明、更为深刻。

尽管不少诗文写得情真意切,获得了极高的评价,但在余怀看来,这还不足以准确妥帖地抒发他对人生的感慨和内心的郁闷,写出他对世事沧桑的深切感受,他一直在寻找一种更为恰切的表达方式。幸运的是,到晚年的时候,他终于找到了这种表达方式,将万千人生感触通过对秦淮风月的追忆巧妙地传达出来。毫不夸张地说,《板桥杂记》是凝聚了余怀毕生心血的一部传世之作。该书完成于康熙三十三年(1694),此时的余怀已是一位七十九岁的老人,离生命的终点仅有一两年的时间。

对这部篇幅不大的作品,余怀本人是极为看重的。他担心该书散失,希望能让更多的人读到,书稿完成后,随即去找自己的好友尤侗写序。因无力刊刻,又去找喜欢刻书的张潮帮忙,请其收录自己的这部作品。他的要求一一得到了满足,遗憾的是,等《板桥杂记》刊出的时候,他已经无法看到了。

二

既然要写一代之兴衰、千秋之感慨,还是有多种可歌可录的题材内容与表达方式以供选择的,为何偏偏要选取看起来有些轻佻、荒谬的狭邪艳冶这个角度?何况此时的余怀已是风烛残年,早已过了谈论风月的年龄。显然，余怀本人也意识到了这一点，他担心后人误读自己的作品，特意在《自序》及《后跋》中交代创作动机，一再强调自己是"有为而作"，并非在炫耀个人的人生经历，更不是茶余饭后的消遣之笔、无病呻吟。这种强调既是讲给自己的，也是说给读者的。如果仅仅沉迷于才子佳人的风流韵事来看这部作品，或者从道德的角度来指责作者，都不是余怀所期待的读者与阅读方式，他希望后人能从灯红酒绿、歌场欢笑的追述中感悟到文字背后的凄楚与感慨。事实证明，这种担心并非多余，比如《四库全书总目》就称其为"风雅之罪人"。

改朝换代的巨大变迁冲击着一代文人敏感的心灵。将《板桥杂记》放在大的时代背景下，对其独特的视角与表达方式可以看得更为清晰。可以说，有着类似经历与体验的并不仅仅是余怀一人，以写繁华反衬悲凉的写法也并不仅仅属于余怀一人，这是一种具有时代和共性色彩的情感体验与表达方式。比如张岱的《陶庵梦忆》就与《板桥杂记》存在颇多相似之处，张岱与余怀不仅生平经历类似，思想情感相近，两人的写法也是基本一致，且不说两人还写到了不少共同的人物与事迹。可以拿来进行比较的还有孔尚任的《桃花扇》和曹雪芹的《红楼梦》。借家族兴衰、离合之情写兴亡之感，这是这一时期作家共同使用的一种创作模式。当然，这种模式不是重复的，《红楼梦》没有重复《桃花扇》，《板桥杂记》自然也不会效颦《陶庵梦忆》，它们存在一些共性，但各自的特色还是十分鲜明的，具有不可替代的艺术价值。

抒发兴亡之感、故国之思，不写刀光剑影，没有鼓角争鸣，将目光聚焦于灯红酒绿的秦淮风月，这无疑是一个相当别致也颇为巧妙的角度。看起来所写不过风月场中的红粉娇娃、文人骚客，实则涉及江南文坛及时代风尚的变迁；表面上只是一段风月繁华的记录，在其背后，则是对一个时代、一个王朝痛定思痛之后的追思。

"江南佳丽地，金陵帝王州。"（谢朓《入朝曲》）特殊的地理环境和历史机缘造就了意蕴深厚、独具特色的秦淮文化。朱元璋开创大明王朝，定都于此，其后明成祖虽迁都北京，金陵仍享有首都的地位。这里有明清时期最大的考场——江南贡院，可以容纳上万人，三年一次的乡试使这里成为江南文人的荟萃之地。这里也是名妓辈出的风月场、温柔乡，出入这里的不仅有文坛知名的才子骚客，也有位高权重的达官贵人，这里成为体现时代变迁的晴雨表。这种独特的地域文化形成于六朝时代，至明末达到鼎盛，成为一个时代繁华兴盛的标志。从这个角度来看，名妓的显隐、旧院的兴废并不仅仅意味着一个城市的变迁，它还代表着一个时代的更替，何况这座六朝古都自身就是一个具有标志意义的文化意象，屡屡出现在文人才士的名篇佳作中。

余怀撰写《板桥杂记》，所看重的也正是这一点，他在这座古老的都城里生活多年，对这里的风景名胜、乡土人情、遗迹掌故十分了解，有着深厚的感情。将秦淮风月放在改朝换代的背景下书写，这可以说是机缘巧合，也可以说是余怀的必然选择，这是由其独特的人生经历所决定的。在该书中，他着意去写时代风云的变幻，实际上展现的也是其本人的生活经历。正是这种选择，成就了一部明末清初版的《东京梦华录》《武林旧事》。

书写秦淮风月，主角自然是那些声名远扬的南曲名妓。除顺带提及的前代名妓如朱斗儿、徐翩翩、马湘兰、郑如英等，全书重点记述了三十多位江南名妓的经历与事迹。作者"少长承平之世，偶为北里之游"（《板桥杂记·自序》），年轻时风流不羁，出入旧院，与其中多数人有过或疏或密的交往，为其赋诗填词，对她们的情况较为了解，因而他的记述更为感性，也更为准确。总的来看，其笔墨主要集中在如下两个方面：

首先，记录这些名妓的容貌秉性、为人处世，突出她们高贵的品质与美好的心灵。用作者本人的话来说就是"或品藻其色艺，或仅记其姓名，亦足以征江左之风流，存六朝之金粉"（《板桥杂记》）。在作者笔下，这些秦淮名妓个个天生丽质，容姿不凡，或"色丰而姣"，或"眉目如画"，或"庄妍靓雅"，或"姿首清丽"，可谓天生尤物，倾国倾城。她们才艺出众，或工诗文，或擅丹青，或精词曲，同时又各具鲜明的个性，或豪爽，或沉静，或开朗，或内敛，皆有自己独特的魅力。从作者的用语中不难看出他对这一特殊女性群体的欣赏、赞美之情。

这些女子因各种原因沦为烟花，卖笑为生，但大多并不甘于沉沦，受人摆布，而是以各种方式维护自己的尊严。对那些危难当头不畏权势、保持独立人格、具有抗争精神的歌妓如葛嫩、李香、燕顺等，作者尤为赞赏，用较多笔墨来描写她们舍生取义的传奇事迹。

其次，关注这些名妓的命运和归宿。除尹春、马娇、顾喜等少数不知所终者，书中所记这些女性的命运大多是不幸甚至是相当悲惨的。她们或死于战乱，如葛嫩、王月；或随主人遭祸丧家而飘零，如卞敏、顿文、朱小大；或过早夭亡，如尹文、董白。总之，红颜薄命，像顾媚这样得以善终者并不多。事实上，那些不知所终者也未必有理想的归宿。之所以如此，与这些女性的特殊身份是分不开的。卖笑为生的生存方式决定了她们要依附别人而生存，任人摆布，一旦遇到破家、战乱或其他祸端，她们注定要成为牺牲品。特别是在血雨腥风的王朝鼎革之际，连那些顾盼自雄、自视不凡的达官贵人、文人才士都无法决定自己的命运，难以承受，这些弱女子命运之悲惨也就可以想见。

其实，无论是在太平盛世，还是在离乱年代，这些女子都属无法决定自己命运的弱势群体,她们的抗争固然可贵,但也是极其无力的。作者在交代她们的结局时,笔端的惋惜、无奈之情是分明可以感受到的。该书重点在写亡国之悲、故园之思,但也有为这些女子树碑立传、让其芳名久传的用意在。作者写出了易代的残酷,也写出了女子的不幸、人生的无常,由"美人尘土"而生出一种具有浓厚伤感色彩的迷茫和虚幻。

围绕在这些貌美女性身边的,是那些寻欢作乐、醉生梦死的文人才士、达官贵人,他们沉迷于温柔乡里,对即将到来的风暴和危难熟视无睹,直到黑云压城的生死存亡关头,才措手不及地慌乱应对,但一切都已经太迟。作者写出了这些人歌舞升平时期的豪奢之举、风流韵事,更写出了他们在易代之际的尴尬与窘迫。南曲旧院所连接的是一个数量庞大的江南文人士绅群体,他们本是大明王朝的基石和依托,但是在关键时刻,却未能承担起救亡图存的重任。国破家亡之后,再来追述这些当年的风流韵事,沉痛哀婉的背后,也许还有几分惋惜和忏悔之意。

同是混迹于十里秦淮,但各人在猝然梦醒之后的人生抉择和归宿却完全不同,作者用意味深长的笔触描绘了一幅江南名士的众生相:有的贵为公侯,地位显赫,却在强敌面前卑躬屈膝,苟且偷生,如保国公朱国弼;有的甚至沦为代人受刑的市井无赖,如那位中山公子徐青君。相比之下,那些身份并不太高乃至没有什么功名的士子如孙临、姜垓等反倒表现出可贵的勇气,或临危不惧、大义凛然,或隐居避世、义不受辱。卑贱与崇高、滑稽与庄严,就这样奇妙地交织在一起,它们的距离也许就在一念之间,但正是这个一念之间,显露出几十年的人格修炼功夫,也分出了人生高下优劣的境界。

不管是舍生取义还是忍辱偷生,不管是达官贵人还是平民百姓,在经历过血雨腥风的改朝换代之后,所有人的命运都发生了改变。太阳每天都在照常升起，但河山易主，黑夜过后的臣民已不再是昔日的臣民，一个新的王朝、一个新的时代拉开了序幕，不管是情愿还是不情愿，都在被历史的车轮挟带着缓缓前行。作者记述了发生在南曲旧院的风流韵事，描绘了十里秦淮的风俗人情，更展现了这一繁华地段从兴到废的巨变，正所谓"一片欢场，鞠为茂草"，这些都是在改朝换代的背景下发生的，被作者赋予新的、丰富的内涵。新旧王朝的更迭往往意味着人生舞台的转变，作者刻意渲染，将秦淮旧院战乱前的兴盛与易代后的衰落形成鲜明对比，让人产生物是人非的沧桑感。作者言语间的那种感伤和悲凉是可以分明感受到的，作品具有浓郁的抒情色彩。

《板桥杂记》一书采取笔记体，分《雅游》《丽品》《轶事》三个部分，以《丽品》为主体，《雅游》重在背景铺陈，《轶事》意在丰富补充，各自独立，又彼此关联，组成一个看似松散、实则缜密的艺术整体，勾勒出以诗酒风流为特征的秦淮文化的全貌与变迁过程，这种结构形式还是颇具匠心的。无论是写人还是叙事，并非简单罗列，而是经过精心剪裁，选取那些最能体现人物秉性的精彩片段，娓娓道来。作者笔力精到，寥寥几笔，即活画出人物的神采，栩栩如生，宛然如现。作者学识渊博，旁征博引，轶闻掌故、前代诗文，无不信手拈来，不着痕迹。全书要言不烦，清新流丽，情真意切，一咏三叹，具有很强的艺术感染力。该书与《陶庵梦忆》《西湖梦寻》等作品一起，代表着清初小品文创作的新趋势与最高成就。需要说明的是，该书所写人物、事件，皆系余怀亲见亲闻，抒发的也是真情实感，虽有描绘渲染，但并非小说家言，而是具有高度的真实性，尽管被藏书家归入子部小说家类，但与今天的虚构体小说有着明显的区别。

该书的价值是多方面的，除文学层面的阅读欣赏价值之外，还具有较为重要的史料价值。比如该书对秦淮名妓唱曲、清客串戏的记载,对探讨明末江南地区戏曲的发展演变具有重要的参考价值,一些重要的戏曲史料赖该书得以保存。要了解明末清初江南一带的世俗民情、文人心态、都市文化等,皆可取资该书。

《板桥杂记》一书面世后,产生了较大的社会反响,其借秦淮风月今昔之别、盛衰之比抒发的兴亡之叹、故国情怀引起了不少遗民的共鸣,那些名妓在易代之际的悲惨命运使他们感同身受,唤起内心深处的痛楚,不少人从中看到了自己,嘘唏不已,由此出现不少唱和题咏之作。桃花扇底送前朝,风月秦淮忆故国,一时成为一种创作时尚。随后也出现了一批续书和仿作,如《续板桥杂记》《板桥杂记补》《秦淮画舫录》《白门新柳记》等,逐渐形成了一个较为特殊的创作模式与作品系列。

三

最后简要介绍一下本书的整理情况。

《板桥杂记》一书篇幅虽然不大,但版本众多,其中最早的版本为康熙三十六年(1697)张潮刊行的"昭代丛书"本,稍后是康熙四十四年(1705)吴震方刊行的《说铃》本,这个版本也是后世最为流行的版本。其后流传的《板桥杂记》诸版本多是根据这两个版本而来。本书底本采用李金堂先生编校的《余怀全集》本(上海古籍出版社2011年版)。该本以康熙、道光年间所刊两种"昭代丛书"本为底本,校以两种康熙年间《说铃》本,并出校记,是一个保持原貌、较为完善的版本。书中所引诗文与作家别集及其他版本有文字上的差异,作者或另有所本,这里悉依原书,不予改动。

对书中的人物地名、典章制度、掌故引文以及难解的词语，均做有简要的注释，间引作者的其他作品及相关典籍以作印证。李金堂先生校注的《板桥杂记》（上海古籍出版社2000年版）对书中人物、史实有较为详尽的考索和辨析，本书多有借鉴，这也是需要说明并表示感谢的。点评则重在征引相关资料，以丰富和补充正文，间附己见。为帮助读者更为全面、深入地欣赏和了解该书，附录部分收录了相关序跋及题咏、评论材料，以作参考。

该书虽然篇幅不长，但整理起来并不轻松。限于整理者的水平，书中想必还存在不少疏误，恳请读者诸君批评指正。

苗怀明

2015年2月26日

目　录

自序 …………………………………………………………… 1

雅游 …………………………………………………………… 6

丽品 …………………………………………………………… 35

轶事 …………………………………………………………… 109

后跋 …………………………………………………………… 158

附录一　《板桥杂记》序跋 ………………………………… 162

附录二　《板桥杂记》题咏 ………………………………… 166

附录三　《板桥杂记》评论 ………………………………… 183

附录四　余怀传记资料 ……………………………………… 190

自 序

或问余曰:"《板桥杂记》何为而作也?"余应之曰:"有为而作也。"①或者又曰:"一代之兴衰,千秋之感慨,其可歌可录者何限,而子唯狭邪之是述②,艳冶之是传③,不已荒乎④?"余乃哑然而笑曰⑤:"此即一代之兴衰,千秋之感慨所系,而非徒狭邪之是述,艳冶之是传也。金陵古称佳丽地⑥,衣冠文物⑦,盛于江南;文采风流,甲于海内。白下青溪⑧,桃叶团扇⑨,其为艳冶也多矣。洪武初年,建十六楼以处官妓⑩,淡烟、轻粉、重译、来宾⑪,称一时之韵事。自时厥后⑫,或废或存,迨至三百年之久,而古迹寝湮⑬,所存者惟南市、珠市及旧院而已⑭。南市者,卑屑妓所居⑮;珠市间有殊色⑯;若旧院,则南曲名姬、上厅行首皆在焉⑰。余生也晚,不及见南部之烟花、宜春之弟子⑱,而犹幸少长承平之世⑲,偶为北里之游⑳。长板桥边㉑,一吟一咏,顾盼自雄㉒。所作歌诗,传诵诸姬之口,楚、润相看㉓,态、娟互引㉔,余亦自诩为平安杜书记也㉕。鼎革以来㉖,时移物换,十年旧梦,依约扬州㉗;一片欢场,鞠为茂草㉘。红牙碧串㉙,妙舞轻歌,不可得而闻也;洞房绮疏㉚,湘帘绣幕㉛,不可得而见也;名花瑶草㉜,锦瑟犀毗㉝,不可得而赏也。间亦过之,蒿藜满眼㉞,楼馆劫灰㉟,美人尘土。盛衰感慨,岂复有过此者乎!郁志未伸,俄逢丧乱,静思陈事,追念无因。聊记见闻,用编汗简㉞,效《东京梦华》之录㉟,标崖公蚬斗之名㊱。岂徒狭邪之是述,艳冶之是传也哉!"客跃然而起,曰:"如此,则不可以不记。"于是作《板桥杂记》。

[注释]

①有为:有缘故。

②狭邪:小街曲巷,这里指娼妓居住的地方。

③艳冶:艳丽妖冶,形容女子的容貌。

④荒:放纵、迷乱。

⑤听然:微笑的样子。

⑥金陵古称佳丽地:语出南朝齐谢朓《随王鼓吹曲·入朝曲》:"江南佳丽地,金陵帝王州。"

⑦衣冠文物:某地或某时代的人物事迹与风俗、制度。

⑧白下:南京的别称。唐武德九年(626),改金陵为白下县,故有此称。青溪:三国时吴国在建业城东南所凿的一条水道。源自今江苏南京钟山西南,经城区入秦淮河,蜿蜒曲折,长十余里,故有九曲青溪之称,为金陵四十八景之一。现仅存入秦淮河的一段。作者《咏怀古迹·青溪栅》诗序:"青溪即今珍珠桥河一带。吴赤乌四年,凿东渠,名青溪。通北堑,以泄玄武湖水。南接秦淮。"

⑨桃叶团扇:《桃叶歌》《答王团扇歌》。《桃叶歌》系王献之为其爱妾桃叶所作,《答王团扇歌》为桃叶所作。

⑩十六楼:明初定都后,朱元璋命建楼十六座以招待功臣及四方宾客,内置官妓。楼名分别为来宾、重译、清江、石城、鹤鸣、醉仙、乐民、集贤、讴歌、鼓腹、轻烟、淡粉、梅妍、柳翠、南市、北市,今皆

已不存。明谢肇淛《五杂组·地部一》:"太祖于金陵建十六楼,以处官妓。"

⑪淡烟、轻粉、重译、来宾:十六楼中的四座楼。

⑫厥后:以后。

⑬寝湮:渐渐湮没。

⑭南市、珠市及旧院:明末南京妓院集中地区。南市,秦淮河边低等官妓居住的地方。珠市,妓女聚集之所,作者后文有介绍:"珠市在内桥傍,曲巷逶迤,屋宇湫隘,然其中有丽人。"旧院,亦为妓女聚集之所。作者后文有介绍:"旧院人称曲中,前门对武定桥,后门在钞库街。妓家鳞次,比屋而居。"

⑮卑屑:相貌丑陋、身份卑贱。

⑯姝色:相貌出众的女子。

⑰南曲名姬、上厅行首:这里泛指名妓。南曲,唐时妓女居住之地。典出唐孙棨《北里志》:"平康里入北门东回三曲,即诸妓所居之聚也。妓中有铮铮者,多在南曲、中曲。"后世多以南曲泛指妓院。上厅,官府,后用以代称官妓。行首,妓院中的首领。宋元时期对上等妓女的称呼,后为名妓的泛称。

⑱南部:南方。烟花:妓女。宜春:宜春院。唐长安宫内官妓居住的院名。唐崔令钦《教坊记》:"妓女入宜春院,谓之内人,亦曰前头人,常在上前头也。"

⑲承平:太平。

⑳北里:唐代妓院所在地,在长安平康里,位于城北,故称北里。后泛称娼妓所居之地。

㉑长板桥:又名玩月桥,在今南京夫子庙东侧石坝街一带,桥西为

妓女居住区,今已不存。

㉒顾盼自雄:扬扬自得的样子。

㉓楚、润:楚娘、润娘,唐代名妓。

㉔态、娟:张态、李娟,亦为唐代名妓。这里泛指名妓。

㉕平安杜书记:唐代诗人杜牧曾任淮南节度使牛僧孺之掌书记,故有杜书记之称。典出元辛文房《唐才子传》:"牧美容姿,好歌舞,风情颇张,不能自遏。时淮南称繁盛,不减京华,且多名妓绝色,牧恣心赏,牛相收街吏报杜书记平安帖子至盈箧。"

㉖鼎革:改朝换代。

㉗十年旧梦,依约扬州:语出唐杜牧《遣怀》:"十年一觉扬州梦,赢得青楼薄幸名。"

㉘鞫(jū)为茂草:杂草丛生,衰败荒芜。"鞫"通"鞠"。语出《诗经·小雅·小弁》:"踧踧周道,鞫为茂草。"

㉙红牙:红色檀木所制的拍板,用来调节乐曲节拍。碧串:用以装饰拍板的碧玉串。

㉚洞房绮疏:指房间里陈设精美。宋胡仔《苕溪渔隐丛话·前集》:"然不免为胡妇生子,而况洞房绮疏之下乎?"洞房,卧室、闺房。绮疏,雕刻成空心花纹的窗户。

㉛湘帘:湘妃竹做成的帘子。绣幕:绣着精美图案的帐子。

㉜瑶草:珍贵的香草。

㉝锦瑟:漆有织锦花纹的瑟。犀毗:漆器的别称。

㉞蒿藜:杂草、野草。

㉟劫灰:战乱或大火毁坏之后的残迹、灰烬。

㊱汗简:古代用来书写文字的竹片,这里泛指著述。

㊲《东京梦华》之录:《东京梦华录》,宋孟元老著。

㊳崖公蚬斗:唐时散乐艺人对皇帝的称呼。语出唐崔令钦《教坊记》:"诸家散乐,呼天子为'崖公',以欢喜为'蚬斗'。"

[点评]

　　作者在《自序》中以答客问的形式向读者表明心迹:本书虽多狭邪艳冶的记述,却是有为而作,意在写一代之兴衰、千秋之感慨,不要为风月繁华的描绘所迷惑,要注意妙舞轻歌背后的沧桑与感慨。

雅　游

金陵为帝王建都之地。公侯戚畹①，甲第连云②；宗室王孙，翩翩裘马③，以及乌衣子弟④，湖海宾游，靡不挟弹吹箫⑤，经过赵、李⑥。每开筵宴，则传呼乐籍⑦，罗绮芬芳⑧，行酒纠觞⑨，留髡送客⑩。酒阑棋罢，堕珥遗簪⑪。真欲界之仙都⑫，升平之乐国也。

《金陵古今图考》所载《国朝都城图》

[注释]

①戚畹：外戚，这里泛指权贵之家。

②甲第：豪门贵族的住宅。

③裘马：轻裘肥马。形容生活奢华。

④乌衣子弟：出身富贵的年轻人。原指东晋时王、谢两大家族的子弟，因其多居住在乌衣巷一带，故名。宋周应合《景定建康志》："乌衣巷在秦淮南。晋南渡，王、谢诸名族居此，时谓其子弟为乌衣诸郎。"作者《咏怀古迹·乌衣巷》诗序："去长干寺北不远。晋南渡时，谢、王族盛居此巷中。子弟为官，号为乌衣郎。"古时乌衣巷在今南京镇淮桥东，与今之乌衣巷位置不同。

⑤挟弹：手执弹弓，指出游打猎。

⑥经过赵、李：语出北周庾信《和春日晚景宴昆明池》："春余足光景，赵李旧经过。"原为汉成帝皇后赵飞燕、汉武帝李夫人的并称。这里泛指歌妓舞女。

⑦乐籍：乐户名籍。古时官妓属乐部管理，故有此称。

⑧罗绮：华贵的衣服。

⑨行酒纠觞：斟酒劝酒。行酒，斟酒。纠觞，劝酒。

⑩留髡送客：留客极尽欢饮。典出汉司马迁《史记·滑稽列传》："日暮酒阑，合尊促坐，男女同席，履舄交错，杯盘狼藉，堂上烛灭，主人留髡而送客，罗襦襟解，微闻芗泽。当此之时，髡心最欢，能饮一石。"

⑪堕珥遗簪：耳环掉落，簪子遗失，指饮酒极尽其欢。典出汉司马迁《史记·滑稽列传》："前有堕珥，后有遗簪。"作者《酒徒歌嘲吴鉴在》诗："舄履交错簪珥堕，落月满屋天微凉。"

⑫欲界之仙都：人间仙境。语出南朝梁陶宏景《答谢中申书》："实是欲界之仙都。"欲界，佛教语，为三界之一，包括地狱、人间和六欲天等。这里指尘世、人世。

[点评]

　　作者在其《咏怀古迹》的诗序中说："金陵，六朝建都之地，山水风流，甲于天下。丧乱以来，多为茅草。予以暇日，寻揽古迹，形诸歌咏，以备采风。然举目河山，伤心第宅，华清如梦，江南可哀。其为悱恻，可胜道哉！"将作者这则文字与诗序对读，一写繁华，一写悲凉，形成鲜明对比。

旧院人称曲中①,前门对武定桥②,后门在钞库街③。妓家鳞次,比屋而居,屋宇精洁,花木萧疏④,迥非尘境⑤。到门则铜环半启,珠箔低垂⑥;升阶则猧儿吠客⑦,鹦哥唤茶;登堂则假母肃迎⑧,分宾抗礼;进轩则丫环毕妆,捧艳而出;坐久则水陆备至⑨,丝肉竞陈⑩;定情则目眺心挑,绸缪婉转⑪。纨绔少年,绣肠才子⑫,无不魂迷色阵,气尽雌风矣⑬。

[注释]

①曲中:妓院的统称。

②武定桥:在今南京长乐路东段。始建于南宋淳熙年间,名为嘉瑞浮桥。景定二年(1261)重建,更名为武定桥。

③钞库街:又名沉香街,在今南京文德桥西侧,秦淮河南岸。这里曾是明金库所在地,故名。

④萧疏:清丽。

⑤尘境:凡世,现实世界。佛教以色、声、香、味、触、法为六尘,因此称现实世界为尘境。

⑥珠箔:珠帘。

⑦猧(wō)儿:猧子,一种体形较小的宠物狗。作者《虞美人》词:"夜郎不住李青莲,犹听猧儿迎吠木兰船。"

⑧假母:鸨母。唐孙棨《北里志》:"妓之母多假母也,亦妓之衰退者为之。"

⑨水陆:水陆所产各类食物,意为各类精美的食物。

⑩丝肉:乐声、歌声。

⑪绸缪:缠绵。

⑫绣肠：才华出众。

⑬雌风：女子温柔娇媚之态。

[**点评**]

　　明亡之前江南文人的心态可以用谢肇淛《五杂组》中如下一段话来描述："金陵秦淮一带，夹岸楼阁，中流箫鼓，日夜不绝。盖其繁华佳丽，自六朝以来已然矣。杜牧诗云：'商女不知亡国恨，隔江犹唱后庭花。'夫国之兴亡，岂关于游人歌妓哉？六朝以盘乐亡，而东汉以节义，宋人以理学，亦卒归于亡耳。但使国家承平，管弦之声不绝，亦足妆点太平，良胜悲苦呻吟之声也。"可以将其概括为四个字，那就是：醉生梦死。

妓家^①，仆婢称之曰"娘"，外人呼之曰"小娘"^②，假母传声曰"娘儿"。有客，称客曰"姐夫"，客称假母曰"外婆"。

[注释]

①妓家：妓女。

②小娘：旧时对妓女的称呼。唐李贺《洛姝真珠》诗："真珠小娘下青廊，洛苑香风飞绰绰。"

[点评]

鸨母除了假母、外婆等称呼外，还经常被称作阿母。如唐薛宜僚《别青州妓段东美》："阿母桃花方似锦，王孙草色正如烟。"作者《丽人行赠女郎浅浅》："阿母携来住梅里，朝朝迎接豪华子。"

当然，假母也并不仅仅是指鸨母，在古代还常用来称呼继母或父亲的小妾。

乐户统于教坊司①,司有一官以主之,有衙署②,有公座③,有人役、刑杖、签牌之类④。有冠有带⑤,但见客则不敢拱揖耳⑥。

[注释]

①乐户:专门从事吹弹歌唱的人,名隶乐籍,故称"乐户"。教坊司:管理乐户的机构。

②衙署:官署。

③公座:办公用的座席。

④签牌:一种竹制的凭证。

⑤冠、带:帽子、腰带,这里指官服。

⑥拱揖:拱手作揖,以示敬意。

[点评]

吴敬梓在《儒林外史》第五十三回《国公府雪夜留宾　来宾楼灯花惊梦》中也写到明朝的教坊,可以看作这段文字的注解:"自从太祖皇帝定天下,把那元朝功臣之后都没入乐籍,有一个教坊司管着他们。也有衙役执事,一般也坐堂打人。只是那王孙公子们来,他却不敢和他起坐,只许垂手相见。"

妓家分别门户，争妍献媚，斗胜夸奇。凌晨则卯酒淫淫①，兰汤艳艳②，衣香一园；亭午乃兰花茉莉③，沉水甲煎④，馨闻数里；入夜而撧笛搊筝，梨园搬演，声彻九霄。李、卞为首⑤，沙、顾次之，郑、顿、崔、马，又其次也。

[注释]

①卯酒：早晨喝的酒。唐白居易《醉吟》："耳底斋钟初过后，心头卯酒未消时。"淫淫：流动的样子，这里指不停地喝酒的样子。

②兰汤：带有香气洗浴用的水。艳艳：亦作滟滟，水波浮动的样子。宋秦醇《赵飞燕别传》："兰汤滟滟，昭仪坐其中。"

③亭午：中午，正午。

④沉水甲煎：沉水、甲煎为两种香料名。沉水即沉水香。

⑤李、卞为首：此处李、卞及下面所说沙、顾、郑、顿、崔、马，都是当时善于歌舞的名妓，后文作者还会提到。

[点评]

秦淮妓家不仅有旧院、珠市和南市的地域区别，即便是那些名妓，也会通过定花案等形式分成三六九等，其竞争之激烈、生存之艰难，由此可见一斑。

长板桥在院墙外数十步,旷远芉绵①,水烟凝碧②。回光、鹫峰两寺夹之③,中山东花园亘其前④,秦淮朱雀桁绕其后⑤。洵可娱目赏心,漱涤尘俗。每当夜凉人定,风清月朗,名士倾城⑥,簪花约鬓,携手闲行,凭栏徙倚。忽遇彼姝,笑言宴宴⑦,此吹洞箫,彼度妙曲,万籁皆寂,游鱼出听。洵太平盛事也。

[注释]

①旷远芉绵:广阔辽远,绵延不绝。

②凝碧:浓绿。

③回光、鹫峰两寺:回光寺、鹫峰寺。回光寺始建于南朝梁武帝时,名光宅寺、萧帝寺,后改名法光寺、鹿苑寺。明永乐年间重建,改称回光寺。今已不存,故址在今南京江宁路西。鹫峰寺始建于明天顺年间,为纪念唐代高僧鹫峰大师而命名。在今南京白鹭洲公园内东北角。

④中山东花园:为明中山王徐达府私家园林,在徐府之东,故名。位置在今南京白鹭洲公园。

⑤秦淮:秦淮河,又名淮水,从溧水、句容流经南京城区,全长一百一十公里。朱雀桁(héng):又名朱雀桥、朱雀航。始建于东晋咸康二年(336),因正对朱雀门而得名。今已不存,故址在今南京信府河与大油坊巷之间。作者《咏怀古迹·朱雀航》诗序:"朱雀大航在古长乐渡,六朝最繁华之地也。侯景攻梁,萧正德开航以纳其军。"

⑥倾城:美貌女子。

⑦宴宴:开心快乐的样子。

[点评]

  那个将南明小王朝折腾得过早夭折的阮大铖曾写过一首吟咏长板桥的诗作《偶过长板桥感旧》:"秦淮何处饶寒色,长板荒桥霜草多。惟有春风寄樊口,当筵能唱隔江歌。"不管是忠于旧朝的遗民,还是投奔新主的贰臣,他们都在同一个时代、同一座城市内生活,观看的是同样的风景,欣赏的是同样的歌舞,这就是现实,这就是历史。将这首诗与作者这段文字对读,让人感慨良多。

秦淮灯船之盛①,天下所无。两岸河房②,雕栏画槛,绮窗丝障,十里珠帘③。主称既醉,客曰未晞④。游楫往来,指目曰⑤:某名姬在某河房,以得魁首者为胜。薄暮,须臾灯船毕集,火龙蜿蜒,光耀天地,扬槌击鼓,蹋顿波心⑥。自聚宝门水关至通济门水关⑦,喧阗达旦⑧。桃叶渡口⑨,争渡者喧声不绝。

余作《秦淮灯船曲》,中有云:

> 遥指钟山树色开,六朝芳草向琼台⑩。
> 一围灯火从天降,万片珊瑚架海来⑪。

又云:

> 梦里春红十丈长⑫,隔帘偷袭海南香⑬。
> 西霞飞出铜龙馆⑭,几队娥眉一样妆。

又云:

> 神弦仙管玻璃杯,火龙蜿蜒波崔嵬⑮。
> 云连金阙天门迥⑯,星舞银城雪窖开⑰。

皆实录也。嗟乎,可复见乎!

[注释]

①灯船:张灯结彩的游船。

②河房：河、湖旁边的房屋。这里指明清时期从东关头到西水关、沿秦淮河两岸临水而建的一种房舍。多为前门向街，后窗临水，正房对河开窗，可以尽览秦淮风光。

③十里珠帘：语出唐杜牧《赠别》："春风十里扬州路，卷上珠帘总不如。"

④晞：破晓，天亮。

⑤游楫：游船。指目：用手指着，用眼看着。

⑥蹢顿：震动。

⑦聚宝门：南京城门，坐北朝南。因面对聚宝山（今称雨花台）而得名。1931年至今，改称中华门。《明史·地理志》："京城周九十六里，门十三：南曰正阳，南之西曰通济，又西曰聚宝。"水关：穿过城壁以通城内外水道的闸门。明刘侗、于奕正《帝京景物略·水关》："土人曰水关，是水所从入城之关也。"通济门水关：东水关，在通济门西侧，系明初为控制秦淮河入城水量而建，由水闸、桥道和藏兵洞三部分组成。通济门在南京大中桥东南，今已不存。从聚宝门到通济门的距离为3450米。

⑧喧阗：喧哗，热闹。

⑨桃叶渡口：秦淮河渡口，为秦淮河与清溪水道交汇处，位置在今南京贡院街东、建康路淮清桥西一带。因当年王献之在此迎接爱妾桃叶渡河而得名，为金陵四十八景之一。清初曾在渡口修建利涉桥，新中国成立后拆除。

⑩琼台：华美的楼台。

⑪万片珊瑚：形容灯船数量众多，装饰华美。

⑫春红：落花。

⑬海南香：即海南沉，一种香料。

⑭铜龙馆：装饰有铜龙的馆舍。原指太子之宫，这里泛指精美的楼台馆阁。

⑮波崔嵬：波涛翻滚的样子。

⑯金阙：道家认为天上有黄金阙，是仙人、天帝居住的地方。

⑰雪窖：水珠飞溅的水面。

[点评]

钟惺在《秦淮灯船赋》序中对秦淮灯船作了详细描绘，摘引如下："小舫可四五十只，周以雕槛，覆以翠幕。每舫载二十许人。人习鼓吹，皆少年场中人也。悬羊角灯于两傍，塔略如舫中人数，流苏缀之。用绳联舟，令其衔尾，有若一舫。火举伎作，如烛龙焉。已散之，又如凫雁蹒跚波间，望之皆出于火，直得一赋耳。"可与本则文字对读。

明武宗像

教坊梨园，单传法部①，乃威武南巡所遗也②。然名妓仙娃③，深以登场演剧为耻，若知音密席④，推奖再三，强而后可。歌喉扇影⑤，一座尽倾。主之者大增气色，缠头助采⑥，遽加十倍。至顿老琵琶⑦、妥娘词曲⑧，则只应天上，难得人间矣⑨。

[注释]

①法部：唐代皇宫梨园训练人员和演奏法曲的部门，后借指教坊。

②威武南巡：明武宗朱厚照（1491～1521）在正德十四年（1519）以平定宁王朱宸濠叛乱为借口，游历江南。威武，朱厚照曾自称武威大将军。

③仙娃：美貌艳丽的女子。

④密席:座位紧挨,关系亲密。

⑤歌喉扇影:女子歌舞时摇扇的风姿韵态。

⑥缠头:古代歌舞艺人表演完毕,客人以罗锦为赠,称"缠头"。这里指馈赠妓女的财物。

⑦顿老:顿仁,明末南教坊曲师,南京人。善唱北曲,精通音律。因精于琵琶弹奏,人称"顿老琵琶"。明顾起元《客座赘语》:"教坊顿仁,曾于正德中随驾至北京,工于音律,于《中原音韵》《琼林雅韵》终年不去手,于开口、闭口与四声阴阳字皆不误。"

⑧妥娘:郑如英,小名妥,字无美,金陵名妓,善诗词。冒伯麟曾将其与马湘兰、赵今燕、朱泰玉的诗作编集为《秦淮四美人诗》。钱谦益《列朝诗集》:"金陵旧院妓,首推郑氏,妥晚出,韶丽惊人。"

⑨只应天上,难得人间:语出唐杜甫《赠花卿》:"此曲只应天上有,人间能得几回闻。"

[点评]

明武宗南巡虽近乎荒唐,但也在客观上促进了南北曲的交流,带来江南音乐文化的新变。顿老、妥娘代表着这一新变,也因此成为一种具有时代、地域色彩的文化符号,被文人骚客反复吟咏。如钱谦益《金陵杂题》:"顿老琵琶旧典型,檀槽生涩响丁零。"周再浚《金陵古迹诗》:"顿老琵琶奉武皇,流传南内北音亡。"查慎行《金陵杂咏》:"顿老琵琶擅教坊,供筵法曲别歌章。"

裙屐少年①，油头半臂②，至日亭午，则提篮挈榼③，高声唱卖逼汗草④、茉莉花。娇婢卷帘，摊钱争买，捉膀撩胸，纷纭笑谑。顷之，乌云堆雪⑤，竟体芳香矣⑥。盖此花苞于日中，开于枕上，真媚夜之淫葩，嬺人之妖草也⑦。建兰则大雅不群⑧，宜于纱幮文榭⑨，与佛手、木瓜同其静好⑩。酒兵茗战之余⑪，微闻香泽，所谓王者之香⑫，湘君之佩⑬，岂淫葩、妖草所可比拟乎？

[注释]

①裙屐少年：语出《北史·邢峦传》："萧深藻是裙屐少年，未洽政务。"原指六朝贵族子弟，束裙着屐为当时流行的装束。这里指衣着打扮时尚讲究的年轻人。

②油头：头上抹了油。元钟嗣成《南吕·骂玉郎过感恩采茶歌四景》："皓齿明眸，粉面油头。"半臂：又称半袖，隋唐时期流行的女性新式服装，一种半袖的对襟上衣。这里泛指时尚的服装。

③榼（kē）：盒子一类的器物。

④逼汗草：一种香草名，所散发的香气能驱除身上汗液的气味。

⑤乌云堆雪：乌黑的头发、雪白的肌肤。

⑥竟体：全身，遍体。

⑦嬺（tì）：沉迷，沉溺。

⑧建兰：又名秋兰，兰花的一种。

⑨纱幮：亦作"纱厨"，纱帐。文榭：饰有彩画的台榭。

⑩静好：安静美好。

⑪酒兵茗战：饮酒品茶。

⑫王者之香：王者香，兰花的别称。典出汉蔡邕《琴操·猗兰操》：

"(孔子)自卫反鲁,过隐谷之中,见芗兰独茂,喟然叹曰:'夫兰,当为王者香。'"

⑬湘君:湘水的水神。

[点评]

　　表面上说的是花,实际上讲的还是人,作者显然是有潜台词的。对那些卖笑为生、命运多舛的秦淮娼女,同样不能简单地视作淫葩、妖草。

南曲衣裳妆束，四方取以为式①，大约以澹雅朴素为主，不以鲜华绮丽为工也。初破瓜者②，谓之梳拢③；已成人者，谓之上头④。衣饰皆主之者措办⑤。巧制新裁，出于假母，以其余物自取用之。故假母虽年高，亦盛妆艳服，光采动人。衫之短长，袖之大小，随时变易，见者谓是时世妆也⑥。

[注释]

①式：样式，标准。

②破瓜：古时女子十六岁为"破瓜"。因"瓜"字拆开为两个八字，即二八之年，故称。晋孙绰《情人碧玉歌》："碧玉破瓜时，郎为情颠倒。"

③梳拢：旧时妓女第一次接客。接客后开始梳髻，故称"梳拢"。

④上头：这里指成年妓女初次接客。明陶宗仪《辍耕录》："倡家处女初得荐寝于人，亦曰上头。"

⑤措办：筹办。

⑥时世妆：入时或时髦的装扮。语出唐白居易《时世妆》诗："时世妆，时世妆，出自城中传四方。"

[点评]

以色艺为生，自然会在装扮上花心思、下功夫。一个时代有一个时代的时尚，"时世妆"一词颇为恰切。

曲中女郎，多亲生之，母故怜惜倍至。遇有佳客①，任其留连，不计钱钞。其伧父大贾②，拒绝弗与通，亦不怒也。从良落籍③，属于祠部④。亲母则所费不多，假母则勒索高价，谚所谓"娘儿爱俏，鸨儿爱钞"者，盖为假母言之耳。

[注释]

①佳客：嘉宾、贵客。这里指有身份、地位的嫖客。

②伧父：粗俗、鄙贱之人。大贾：大商人、富商。

③落籍：脱离娼籍，指妓女从良。清程岱葊《野语》："前明设教坊司，罪人家属没入其中，不少名门淑媛徒惜一死，堕入烟花，仁人所不忍闻，是以名妓甚多。官有籍记，故除名赎身谓之落籍。"

④祠部：明时管理教坊的机构，属礼部。

[点评]

"娘儿爱俏，鸨儿爱钞"是明清时期颇为流行的俗语，文学作品多有记载，如《古今小说》卷十二《众名姬春风吊柳七》："自古道小娘爱俏，鸨儿爱钞。"明毛晋《六十种曲·青衫记》："自古道小娘儿爱俏，老鸨儿爱钞。"

旧院与贡院遥对①,仅隔一河,原为才子佳人而设。逢秋风桂子之年②,四方应试者毕集,结驷连骑③,选色征歌④,转车子之喉⑤,按阳阿之舞⑥。院本之笙歌合奏⑦,回舟之一水皆香。或邀旬日之欢,或订百年之约。蒲桃架下⑧,戏掷金钱⑨;芍药栏边,闲抛玉马⑩,此平康之盛事⑪,乃文战之外篇⑫。若夫士也色荒⑬,女兮情倦,忽裘敝而金尽⑭,遂欢寡而愁殷⑮。虽设阱者之恒情,实冶游者所深戒也⑯。青楼薄幸⑰,彼何人哉⑱!

[注释]

①贡院:古代科举举行乡试或会试的地方,这里指江南贡院。江南贡院在今江苏南京夫子庙附近秦淮河北岸,始建于宋乾道四年(1168),明清时期不断扩建,规模为全国之最,最多时能容纳两万多人。现仅存明远楼、飞虹桥及明清碑刻二十二方。

②秋风桂子之年:举行乡试的年份。桂子,桂花。

③结驷连骑:高车骏马,成群结队。语出汉司马迁《史记·仲尼弟子列传》:"子贡相卫,而结驷连骑,排藜藿,入穷阎,过谢原宪。"

④选色征歌:挑选美女,征召歌伎。

⑤车子:善于歌场者。典出三国魏繁钦《与魏文帝笺》:"都尉薛访车子年始十四,能喉啭引声,与笳同音。"

⑥阳阿:古时名倡,善舞。典出《淮南子·俶真训》:"足蹀阳阿之舞。"高诱注:"阳阿,古之名倡也。"这里泛指善于舞蹈者。

⑦院本:金元时行院演唱所用脚本。这里泛指演出的脚本。

⑧蒲桃:葡萄。

⑨戏掷金钱:典出五代王元裕《开元天宝遗事·戏掷金钱》:"内庭

嫔妃，每至春时，各于禁中结伴三人至五人，掷金钱为戏。"

⑩玉马：一种玉质的筹码。

⑪平康：唐时长安丹凤街有平康坊，为妓女聚居之地，亦称平康里。这里泛指妓女聚集之地。

⑫文战：科举考试。

⑬色荒：沉湎于女色。

⑭裘敝而金尽：又作裘弊金尽。皮袍破旧，钱已用完。比喻境况困难。《战国策》："（苏秦）说秦王书十上而说不行，黑貂之裘弊，黄金百斤尽。"

⑮欢寡而愁殷：快乐少，忧愁多。语出东晋陶渊明《闲情赋》："同一尽于百年，何欢寡而愁殷。"

⑯冶游：狎妓。

⑰薄幸：薄情，负心。作者《梦楚姬》："青楼薄幸非关我，谁打莺儿搅独眠。"

⑱彼何人哉：语出《庄子》："媒媒晦晦，无心而不可与谋。彼何人哉！"

[点评]

旬日之欢，百年之约，转眼间裘敝金尽，欢寡愁殷，这就是秦淮风月的运行规则。灯红酒绿、歌舞升平的旧院也难逃这样的命运，"眼看他起朱楼，眼看他宴宾客，眼看他楼塌了"（孔尚任《桃花扇》）。下面所引是清人方文眼前的旧院：

旧 院

文德桥边亭馆幽，六朝风韵未全收。
那堪荡析为平地，白草黄花无限愁。

曲中市肆，精洁殊常。香囊、云舄①、名酒、佳茶、饧糖②、小菜、箫管、琴瑟，并皆上品。外间人买者，不惜贵价；女郎赠遗，都无俗物。正李仙源③《十六楼集句》诗中所云"市声春浩浩④，树色晓苍苍。饮伴更相送⑤，归轩锦绣香"也。

[注释]

①云舄（xì）：绣鞋。

②饧（xíng）糖：麦芽糖。

③李仙源：李公泰，字叔通，号仙源，鹿邑（今河南鹿邑）人。洪武三十年（1397）进士，博学通天文，曾职掌钦天监。著有《集句诗》。

④浩浩：声音嘈杂，喧闹。作者所引为《北市楼》中的诗句。

⑤饮伴：饮酒的同伴。唐李廓《长安少年行》："苍头来去报，饮伴到倡家。"

[点评]

当日秦淮的繁华不仅体现为一批色艺俱绝的名妓，而且还体现为围绕这些名妓所形成的一些产业，包括餐饮、服饰、花市等。

胡闰像

发象房①，配象奴②，不辱自尽③。胡闰妻女发教坊为娼④，此亘古所无之事也。追诵火龙铁骑之章⑤，以为叹息。

[注释]

①象房：明代驯养大象的地方。

②象奴：驯养大象的奴仆。《明史·职官志五》："驯象所，领象奴养象，以供朝会陈列、驾辇、驮宝之事。"明成祖朱棣攻占南京、夺取皇位后，大肆杀戮忠于明惠帝的大臣，并将其妻女家属配给象奴。

③不辱自尽：不堪受辱自杀。

④胡闰：字松友，鄱阳（今江西鄱阳）人。洪武四年（1371），郡举

秀才，任都督府都事、经历。建文年间，任右补阙、大理寺少卿。后燕王朱棣起兵，他与齐泰、黄子澄等进行抵抗。京城失陷，与儿子及家族二百多人被杀害。据《明史》，胡闰被杀时，女儿郡奴四岁，被罚入功臣家为奴。有关胡闰妻女的下落，各书记载颇有差异。

⑤火龙：火形和龙形的图案，多用于帝王的服饰。这里指皇帝。

[点评]

明成祖朱棣篡夺皇位后，将忠于明惠帝的大臣赶尽杀绝，剥皮碎尸，还把他们的妻子、女儿送到妓院，配给奴才，甚至让士兵们轮奸，如此野蛮、残暴的行为就连为大明王朝守节的遗民们也看不下去。钱谦益《列朝诗集》中所收武定桥烈妇的诗作控诉了这一暴行：

靖难后，诛僇臣僚，妻子发教坊，或配象奴。有一烈妇，题诗于衣带间，赴武定桥河而死。失其姓名，或云松江谢氏妇，籍没给配象奴。

不忍将身配象奴，手提麦饭祭亡夫。
今朝武定桥头死，要使清风满帝都。

钱谦益像

虞山钱牧斋《金陵杂题绝句》中①,有数首云:

淡粉轻烟佳丽名,开天营建记都城②。
而今也入烟花部,灯火樊楼似汴京③。

一夜红笺许定情④,十年南部早知名。
旧时小院湘帘下,犹记鹦哥唤客声。(旧院马二娘,字晁采。)

惜别留欢限马蹄,勾栏月白夜乌栖。
不知何与汪三事⑤,趣我欢娱伴我啼。

别样风怀另酒肠,伴他薄幸奈他狂。

王士禛《带经堂集》

天公要断烟花种,醉杀瓜洲萧伯梁⑥。

顿老琵琶旧典型,檀槽生涩响零丁⑦。
南巡法曲谁人问⑧?头白周郎掩泪听⑨。(绍兴周禹锡喜听顿老琵琶。)

旧曲新诗压教坊,缕衣垂白感湖湘⑩。
闲开闰集教孙女⑪,身是前朝郑妥娘。(郑如英,小名妥娘。)

新城王阮亭《秦淮杂诗》中有二首云⑫:

旧院风流数顿杨⑬,梨园往事泪沾裳。
樽前白发谈天宝⑭,零落人间脱十娘⑮。

旧事南朝剧可怜[16],至今风俗斗婵娟[17]。

秦淮丝肉中宵发[18],玉律抛残作笛钿[19]。

　　以上皆伤今吊古、感慨流连之作,可佐南曲谈资者,录之以当哀丝急管[20]。黄山谷云[21]:"解作江南断肠句,世间唯有贺方回。"[22]倘遇旗亭歌者,不能不画壁也[23]。

　　八琼逸客曰[24]:此记须用冷金笺,画乌丝栏,写《洛神赋》小楷,装以云鸾缥带,贮之蚊龙箧中,薰以沉水、迷迭,于风清月白、红豆花间开看之可也。

[注释]

①虞山:在今江苏常熟西北,常用作常熟代称。钱牧斋:钱谦益(1582~1664),字受之,号牧斋。常熟(今江苏常熟)人。万历三十八年(1610)进士,官至礼部侍郎、翰林侍读学士。后降清,任礼部侍郎。著作有《初学集》《有学集》《投笔集》等。

②开天:创始,指明朝开国。

③樊楼:宋时东京的酒楼,又称白矾楼。楼高三层,华丽壮伟,生意兴隆。这里泛指酒楼。汴京:北宋都城,今河南开封。

④红笺:红色的笺纸,用以题写诗词或名片。

⑤汪三:原诗下有注释:"新安汪逸,字遗民。"汪逸,歙县(今安徽歙县)人,著有《汪遗民诗》。

⑥瓜洲:在今江苏扬州。萧伯梁:后文作者有介绍。

⑦檀槽:檀木所制琵琶、琴等弦乐器上架弦的槽格。这里指琵琶。

⑧法曲：一种古代乐曲。

⑨周郎：三国时东吴将领周瑜，因其年少，故有此称。《三国志》："瑜时年二十四，吴中皆呼为周郎。……瑜少精意于音乐，虽三爵之后，其有阙误，瑜必知之，知之必顾，故时人谣曰：'曲有误，周郎顾。'"这里以周禹锡比周郎，一语双关。作者《戊申看花诗》其五十七："坐有周郎能顾曲，玉笙吹彻酒颜红。"

⑩缕衣：破旧的衣服。

⑪闰集：指附在正集之后僧道、妇女等的作品集。

⑫王阮亭：王士禛（1634～1711），字贻上，号阮亭、渔洋山人，新城（今山东桓台）人。顺治十五年（1658）进士，历任扬州推官、礼部主事，官至刑部尚书。著有《带经堂集》《渔洋诗话》《池北偶谈》《香祖笔记》等。

⑬顿杨：顿文、杨玉香，二人皆为明末秦淮名妓，才艺超群。

⑭樽前白发谈天宝：语出唐元稹《行宫诗》："白头宫女在，闲坐说玄宗。"

⑮脱十娘：清王士禛《池北偶谈》："顺治末，予在江宁，闻脱十娘者，年八十余，尚在。万历中北里之尤也。"

⑯南朝：南明王朝。

⑰斗婵娟：比美争艳。

⑱中宵：深夜，半夜。

⑲玉律抛残作笛钿：典出《南史·齐本纪》："江左旧物，有古玉律数枚，悉裁以钿笛。"玉律，一种管乐器。笛钿，以金装饰的笛子。

⑳哀丝急管：哀婉、急促的乐曲声。

㉑黄山谷：黄庭坚（1045～1105），字鲁直，号山谷，洪州分宁（今

江西修水）人。英宗治平四年（1067）进士，为苏门四学士之一。著有《豫章先生全集》等。

㉒解作江南断肠句，世间唯有贺方回：语出黄庭坚《寄贺方回》。贺方回：贺铸（1052～1125），字方回，卫州（治今河南卫辉）人。北宋著名词人，有《东山词》传世。

㉓倘遇旗亭歌者，不能不画壁：典出唐薛用弱《集异记·王焕之》：开元中，王昌龄、高适、王焕之齐名。一天，三人在旗亭小饮，遇到梨园伶官及妙妓。三人相约观诸伶所讴，以诗作入歌词多者为优。伶人每歌一曲，三人则引手画壁做标记。旗亭，酒楼。悬旗为酒招，故有此称。

㉔"八琼逸客曰"，这段文字在清瓣香阁抄本中为跋语，"八琼逸客"作"入琼逸客"。

[点评]

明末文人在夸赞那些名妓时，往往以上一个时代的妥娘作比，妥娘俨然成为当时评价女性优劣的一个标尺。但是在孔尚任的《桃花扇》中，色艺俱绝的妥娘却被塑造成一位插科打诨、语言粗俗的丑角。如此悬殊的反差，自然会让后人为妥娘打抱不平，如况周颐《蕙风词话》："郑如英，字无美，小字妥娘。工诗词，与卞赛、寇湄相颉颃也。《桃花扇》传奇《眠香》《选优》等出，以阿丑之诙谐，作无盐之刻画，肆笔打诨，若瓦巷陋姝、一丁不识者然，殆未深考。"

丽　品

　　余生万历末年,其与四方宾客交游,及入范大司马莲花幕中为平安书记者①,乃在崇祯庚、辛以后②。曲中名妓,如朱斗儿③、徐翩翩④、马湘兰者⑤,皆不得而见之矣。则据余所见而编次之,或品藻其色艺,或仅记其姓名,亦足以征江左之风流⑥,存六朝之金粉也⑦。

马湘兰绘《兰竹图》

昔宋徽宗在五国城⑧，犹为李师师立传⑨，盖恐佳人之湮灭不传，作此情痴狡狯耳⑩，"风乍起，吹皱一池春水"⑪，干卿何事⑫？彼美人兮，"巧笑倩兮，美目盼兮"⑬。彼君子兮，"中心藏之，何日忘之"⑭。

[注释]

①范大司马：范景文（1587~1644），字梦章，吴桥（今河北吴桥）人。万历四十一年（1613）进士，历任东昌府推官、右佥都御史、兵部尚书、工部尚书兼东阁大学士。崇祯十七年（1644），李自成率军攻进北京，范景文投井殉节。著有《范文忠公文集》等。作者《东山谈苑》："范文贞公景文为南大司马时，好客下士。士有以诗文投谒者，无论工拙，必自首至尾，细加批阅，次日向其人言之，一字无遗漏。此余尝从旁亲见者。"大司马，明清时期对兵部尚书的别称。莲花幕：又称莲幕、幕府，典出《南史·庾杲之传》："（王俭）用杲之为卫将军长史。安陆侯萧缅与俭书曰：'盛府元僚，实难其选。庾景行泛渌水，依芙蓉，何其丽也。'时人以入俭府为莲花池，故缅书美之。"作者《上李惣轩先生定策晋秩》："独有旧依莲幕客，月明长啸倚高楼。"

②崇祯庚、辛：庚辰即崇祯十三年（1640），辛巳即崇祯十四年（1641）。

③朱斗儿：号素娥，金陵名妓。善画山水。钱谦益《列朝诗集》："朱斗儿，号素娥，画山水小景，陈鲁南授以笔法。"

④徐翩翩：字飞卿，一字惊鸿，别号惠月。金陵名妓。善画墨兰。明姚旅《露书》："徐翩翩，字惊鸿，桃叶伎。能诗而且有侠骨。"

⑤马湘兰：马守真（1548~1604），或作马守贞，字玄儿、月娇，因

善画兰竹，别号湘兰子。金陵名妓。自幼沦落青楼，为秦淮八艳之首。多才多艺，精于唱曲，以诗画擅名一时，著有《湘兰子集》。钱谦益《列朝诗集》："姿首如常人，而神情开涤，濯濯如春柳早莺。吐辞流盼，巧伺人意，见之者无不人人自失也。"

⑥江左之风流：典出《南齐书·王俭传》："俭尝谓人曰：'江左风流宰相，唯有谢安。'"作者《沁园春·祝二寄老人七十》词："江左风流想谢安。"江左，江东，主要指长江下游以东地区。

⑦六朝之金粉：指六朝古都金陵奢侈豪华的景象。元王实甫《西厢记》："香消了六朝金粉，清减了三楚精神。"

⑧宋徽宗：即赵佶（1082~1135），北宋皇帝。1100~1125年在位。靖康二年（1127）被俘至金国，后死于五国城。擅书法及花鸟画，自成一家。五国城：今黑龙江依兰。

⑨李师师：北宋时汴京名妓，为宋徽宗所眷恋。

⑩狎狻：玩笑，游戏。

⑪风乍起，吹皱一池春水：语出南唐冯延巳《谒金门》词。

⑫干卿何事：典出《南唐书·冯延巳传》："延巳有'风乍起，吹皱一池春水'之句，元宗尝戏延巳曰：'吹皱一池春水，干卿何事？'"

⑬巧笑倩兮，美目盼兮：语出《诗经·卫风·硕人》。

⑭中心藏之，何日忘之：语出《诗经·小雅·隰桑》。

[点评]

"恐佳人之湮灭不传"，这也是作者撰写该书的一个重要目的，正如曹雪芹在《红楼梦》开篇中所言："我之罪固不免，然闺阁中本自历历有人，万不可因我之不肖，自护己短，一并使其泯灭也。"

尹春，字子春。姿态不甚丽，而举止风韵，绰似大家。性格温和，谈词爽雅，无抹脂鄣袖习气①。专工戏剧排场②，兼擅生、旦。

余遇之迟暮之年，延之至家，演《荆钗记》③，扮王十朋④，至《见母》《祭江》二出，悲壮淋漓，声泪俱迸，一座尽倾，老梨园自叹弗及。余曰："此许和子《永新歌》也⑤，谁为韦青将军者乎！"⑥因赠之以诗曰："红红记曲采春歌⑦，我亦闻歌唤奈何⑧。谁唱江南断肠句，青衫白发影婆娑。"⑨春亦得诗而泣。后不知其所终。

[注释]

①鄣袖：以袖遮面，故作姿态。

②排场：演出，表演。

③《荆钗记》：宋元南戏作品，演王十朋、钱玉莲婚恋故事。尹春这次演出是为庆贺作者之父六十寿辰。

④王十朋：《荆钗记》中主要人物，史有其人。王十朋（1112～1171），字龟龄，号梅溪，乐清（今浙江乐清）人。绍兴间进士，历任绍兴府签判、著作郎、侍御史、太子詹事。著有《梅溪集》《春秋尚书论语解》等。

⑤许和子：唐宫廷歌女，永新（今江西永新）人。出身乐工之家，开元末被选入宫中，改名永新，为宜春院乐伎。唐段安节《乐府杂录》云其"既美且慧，善歌，能变新声"。《永新歌》：许和子所唱的歌曲。

⑥韦青将军：唐时善歌者，后为禁军头领，官金吾将军。据唐段安节《乐府杂录》记载："洎渔阳之乱，六宫星散，永新为一士人所得。韦青避地广陵，因月夜凭栏于小河之上，忽闻舟中奏水调者，曰：'此永新歌也。'乃登舟与永新对泣。"

⑦红红记曲：典出唐段安节《乐府杂录》，红红为唐代名妓，后为韦青姬妾。"尝有乐工自撰一曲，即古曲《长命西河女》也，加减其节奏，颇有新声。未进闻，先印可于青。青潜令红红于屏风后听之。红红乃以小豆数合，记其节拍。乐工歌罢，青因入问红红如何，云已得矣。青出给云：'某有女弟子，久曾歌此，非新曲也。'即令隔屏风歌之，一声不失。乐工大惊异……寻达上听，翊日召入宜春院，宠泽隆异，宫中号记曲娘子。"采春：唐代歌伎，姓刘，伶工周季崇之妻。唐元稹有《赠刘采春》诗，称其"言词雅措风流足，举止低回秀媚多。更有恼人断肠处，选词能唱《望夫歌》"。

⑧闻歌唤奈何：典出南朝宋刘义庆《世说新语》："桓子野每闻清歌，辄唤'奈何'。谢公闻之曰：'子野可谓一往有深情。'"作者《咏怀古迹·邀笛步》："一往深情唤奈何，胡床三弄喜婆娑。"

⑨青衫白发：晚年才做小官。唐宋时文官品级低的穿青色衣服。宋欧阳修《圣俞会饮》："嗟余身贱不敢荐，四十白发犹青衫。"婆娑：衰老的样子。

[点评]

尹春除了演剧，还能填词。这里选录一首其词作：

醉春风

池上残荷尽，篱下黄花嫩。重阳还有几多时？近、近、近。曾记旧年，那人索句，评香斗茗。　　望断萧郎信，懒去匀宫粉。虾须帘外晚风生。阵、阵、阵。双袖生寒，一灯明灭，博山香尽。

嗣有尹文者，色丰而姣，荡逸飞扬①，顾盼自喜②，颇超于流辈③。太平张维则昵就之④，唯其所欲，甚欢。欲置为侧室⑤，文未之许。属友人强之，文笑曰："是不难。嫁彼三年，断送之矣。"卒归张。未几，文死。张后十数年乃亡。仕至监司⑥，负才华，任侠，轻财结客，磊落人也。

[注释]

①荡逸飞扬：狂放不羁，不受约束。

②顾盼自喜：扬扬自得、很自信的样子。

③流辈：同辈，同一类人。

④太平：在今安徽当涂。张维则：此人待考。明末清初龚鼎孳有词作《高阳台·和秀公为张维则催妆》，明末清初邓汉仪有诗作《花朝饮张维则邸中》。昵就：亲近，亲昵。

⑤侧室：妾。

⑥监司：负有监察之责的官吏。明代的按察使、清代的布政使通称监司。

[点评]

"嫁彼三年，断送之矣"，言语之间颇有些悲壮的意味，也透出一种不祥之兆，不知其中有什么难言的苦楚。

李十娘，名湘真，字雪衣。在母腹中，闻琴歌声，则勃勃欲动①。生而娉婷娟好②，肌肤玉雪，既含睇兮又宜笑③，殆《闲情赋》所云"独旷世而秀群"者也④。性嗜洁，能鼓琴清歌，略涉文墨，爱文人才士。

所居曲房秘室⑤，帷帐尊彝⑥，楚楚有致⑦。中构长轩⑧，轩左种老梅一树，花时香雪霏拂几榻⑨；轩右种梧桐二株，巨竹十数竿。晨夕洗桐拭竹，翠色可餐。入其室者，疑非人境。

余每有同人诗文之会，必主其家。每客用一精婢侍砚席⑩，磨隃糜⑪，爇都梁⑫，供茗果。暮则合乐酒宴，尽欢而散。然宾主秩然⑬，不及于乱。

于时流寇讧江北⑭，名士渡江侨金陵者甚众，莫不艳羡李十娘也。十娘愈自闭匿，称善病⑮，不妆饰，谢宾客。阿母怜惜之，顺适其意，婉语辞逊，弗与通。惟二三知己，则欢情自接，嬉怡忘倦矣⑯。

后易名"贞美"，刻一印章曰"李十贞美之印"。余戏之曰："美则有之，贞则未也。"十娘泣曰："君知儿者，何出此言？儿虽风尘贱质，然非好淫荡检者流⑰，如夏姬、河间妇也⑱。苟儿心之所好，虽相庄如宾，情与之洽也；非儿心之所好，虽勉同枕席，不与之合也。儿之不贞，命也，如何！"言已，涕下沾襟。余敛容谢之曰⑲："吾失言，吾过矣！"

[注释]

①勃勃：充满生机、精力旺盛的样子。

②娉婷娟好：容貌秀美。

③既含睇兮又宜笑：含情脉脉，谈笑自若。语出《楚辞·九歌·山鬼》："既含睇兮又宜笑，子慕予兮善窈窕。"

④《闲情赋》：东晋陶渊明所作。独旷世而秀群：意思是世间少有，秀美超群。

⑤曲房：内房，密室。

⑥尊彝：指室内陈列的器皿。

⑦楚楚：排列整齐的样子。

⑧中构长轩：居住的地方有比较长的走廊。

⑨霏拂：香气飘散，轻轻掠过。

⑩砚席：砚台、座席。

⑪隃麋：古地名，以产墨而著称，这里借指墨。

⑫爇（ruò）：烧。都梁：都梁香，一种香料。

⑬秩然：秩序井然。

⑭流寇江北：当时张献忠、李自成率领义军在江北一带活动。

⑮善病：多病，容易生病。

⑯嬉怡：开心，喜悦。

⑰荡检：行为放荡，不守礼法。

⑱夏姬：春秋时郑穆公之女。初嫁子蛮为妻，子蛮早死，继嫁陈大夫夏御叔。御叔死，则与陈灵公及大夫孔宁、仪行父私通。河间妇：荡妇。典出唐柳宗元《河间传》："河间，淫妇人也，不欲言其姓，故以邑称。"

⑲敛容：收起笑脸，神色庄重。

[**点评**]

  作者没有交代李十娘的归宿,仅在后文云其从良。马世俊有诗作《在右哭其故知李雪衣》,当写在其去世之后,全诗如下:

    月满高楼看燕飞,旧人却恨旧巢非。
    小名嫁后凭谁忆,芳讯生前已渐稀。
    一片绿云香气减,数行红叶字痕微。
    只因才子秋原恸,此地犹传李雪衣。

十娘有兄女曰媚姐，十三才有余，白皙，发覆额，眉目如画。余心爱之，媚亦知爱余，娇啼婉转，作掌中舞①。十娘曰："吾当为汝媒。"岁壬午②，入棘闱③。媚日以金钱投琼④，卜余中否。及榜发，落第，余乃愤郁成疾，避栖霞山寺⑤，经年不相闻矣⑥。

鼎革后，泰州刺史陈澹仙寓丛桂园⑦，拥一姬，曰姓李。余披帏见之⑧，媚也。各黯然掩袂⑨。问十娘，曰："从良矣。"问其居，曰："在秦淮水阁。"⑩问其家，曰："已废为菜圃。"问："老梅与梧、竹无恙乎？"曰："已摧为薪矣。"问："阿母尚存乎？"曰："死矣。"因赠以诗曰："流落江湖已十年，云鬟犹卜旧金钱。雪衣飞去仙哥老⑪，休抱琵琶过别船。"⑫

[注释]

①掌中舞：亦作掌上舞，体态轻盈的舞蹈。相传汉成帝之后赵飞燕体态轻盈，能为掌上舞。

②壬午：1642年，崇祯十五年。

③棘闱：又作棘围，科举时的考场。唐、五代试士，用棘围试院以防弊端，故称。

④投琼：掷骰子。

⑤栖霞山寺：栖霞寺。始建于南齐永明元年（483），唐代四大名刹之一。在今江苏南京栖霞山中峰西麓。

⑥经年：多年。

⑦陈澹仙：陈素，字澹仙，号大淳、天山道人。桐乡（今浙江桐乡）人，崇祯七年（1634）进士。曾官开州知州、泰州知州。明亡后隐居不出。明末清初邢昉有诗作《陈澹仙邀集林茂之、张群玉、朱汉生、何窬

明、顾与治、余澹心于丛桂园共赋》)。

⑧披帏：即披帷，拨开帷幕。

⑨掩袂：用衣袖拭泪。

⑩秦淮水阁：又名秦淮水亭。在今南京淮清桥附近。

⑪雪衣：即雪衣女，一种白鹦鹉。典出唐郑处诲《明皇杂录》："天宝中，岭南献白鹦鹉，养之宫中。岁久，颇聪慧，洞晓言词，上及贵妃皆呼为雪衣女。"李十娘字雪衣，此处一语双关，既是在用典，同时又点出李十娘的名字。仙哥：即天水仙哥。典出唐孙棨《北里志》："天水仙哥，字绛真。住于南曲中。善谈谑，能歌令，常为席纠，宽猛得所。"

⑫抱琵琶：语出唐白居易《琵琶行》："千呼万唤始出来，犹抱琵琶半遮面。"

[点评]

作者特意强调"鼎革"一词，将其与媚姐的聚散放在改朝换代的背景中来写，家为菜圃，阿母已死，转眼之间，物是人非。离合之感，兴亡之叹，尽在不言中。

葛嫩，字蕊芳。余与桐城孙克咸交最善①，克咸名临，负文武才略，倚马千言立就②，能开五石弓③，善左右射。短小精悍，自号"飞将军"④。欲投笔磨盾⑤，封狼居胥⑥，又别字曰武公。然好狭邪游，纵酒高歌，其天性。先昵珠市妓王月⑦，月为势家夺去⑧，抑郁不自聊⑨，与余闲坐李十娘家。十娘盛称葛嫩才艺无双，即往访之。阑入卧室⑩，值嫩梳头，长发委地，双腕如藕，面色微黄，眉如远山⑪，瞳人点漆⑫。叫声"请坐"，克咸曰："此温柔乡也，吾老是乡矣⑬！"是夕定情，一月不出，后竟纳之闲房⑭。

杨文骢山水画　立轴

甲申之变⑮，移家云间⑯。间道入闽⑰，授监中丞杨文骢军事⑱。兵败被执，并缚嫩。主将欲犯之，嫩大骂，嚼舌碎，含血噀其面，将手刃之。克咸见嫩抗节死⑲，乃大笑曰："孙三今日登仙矣！"亦被杀。中丞父子三人同日殉难。

[注释]

①孙克咸：孙临（1611～1646），字克咸，又字武公，桐城（今安徽桐城）人。复社成员，后抗清而死。

②倚马千言立就：形容才思敏捷。典出南朝宋刘义庆《世说新语·文学》："桓宣武北征，袁虎时从，被责免官。会须露布文，唤袁倚马前令作。手不辍笔，俄得七纸，殊可观。"

③五石：六百市斤。一百二十市斤为一石。

④飞将军：汉时匈奴对汉名将李广的称呼。典出汉司马迁《史记·李将军列传》："广居右北平，匈奴闻之，号曰'汉之飞将军'，避之数岁，不敢入右北平。"

⑤投笔磨盾：弃文从武。磨盾，即磨盾鼻，在盾牌把手上磨墨草檄。典出《北史·荀济传》："济初与梁武帝布衣交，知梁武当王，然负气不服，谓人曰：'会楯上磨墨作檄文。'"后称在军队做文书工作为"磨盾鼻"。

⑥封狼居胥：原指汉大将霍去病登狼居山筑坛祭天以告成功之事，后指建立显赫武功。

⑦王月：明末金陵妓女，后文作者有详细介绍。

⑧势家：有权势的人家。

⑨不自聊：无聊。

⑩阑入：擅自进入。

⑪眉如远山：形容女子眉目清秀。典出晋葛洪《西京杂记》："文君姣好，眉色如望远山，脸际常若芙蓉。"

⑫瞳人点漆：眼睛明亮。典出《晋书·杜乂传》："美姿容，有盛名于江左，王羲之见而目之，曰：'肤若凝脂，眼如点漆，此神仙人也。'"瞳人，瞳仁，瞳孔。

⑬此温柔乡也，吾老是乡矣：典出汉伶玄《赵飞燕外传》："是夜进合德，帝大悦，以辅属体，无所不靡，谓为温柔乡。语嬺曰：'吾老是乡矣，不能效武皇帝求白云乡也。'"

⑭闲房：偏房，侧室。

⑮甲申之变：甲申年即崇祯十七年（1644），这一年李自成义军攻进北京，崇祯皇帝自尽，明王朝结束。

⑯云间：松江府的别称。在今上海市松江区一带。

⑰间道：偏僻的小路。

⑱中丞：明清时期对巡抚的称呼。杨文聪（1597～1645）：字龙友。贵阳（今贵州贵阳）人。万历四十六年（1618）举人，曾任江宁知县。后抗清而死。工山水画，能书擅文。

⑲抗节：坚守节操。

[点评]

关键时刻，一位弱女子竟然如此正气凛然，视死如归，令人感佩。那些卑躬屈膝、贪生怕死的须眉看到这一事迹，不知会作何感想。正如清人李骥在其《书四烈妓事》一文中所说的："以视须眉，男子臣贼而不知耻者为何如也。"

后来星堂主人将葛嫩的事迹改编成戏曲《温柔乡》，卷首节录《板桥杂记》后，星堂主人还写有一段跋语，将葛嫩与王月进行对比："余尝读《板桥杂记》，未尝不三复其意，而窃怪澹心写葛嫩何其淡漠若此，而写王月又何其绚烂若彼也。及细味之，方知其淡漠者，皆其最经意之处；其绚烂者，皆其最不经意之处耳。故余题之曰：诸姬之中，惟葛嫩为第一，非徒高其殉节之难，亦深嘉其盛名之不显也。试起澹心于九泉，当必含笑而以予为知言。"该剧今存抄本，藏于中国国家图书馆。

李大娘，一名小大，字宛君。性豪侈①，女子也而有须眉丈夫之气。所居台榭庭室，极其华丽，侍儿曳罗縠者十余人②。置酒高会③，则合弹琵琶、筝，或狎客沈元、张卯、张奎数辈④，吹洞箫、笙管，唱时曲。酒半，打十番鼓⑤。曜灵西匿⑥，继以华灯，罗帏从风⑦，不知喔喔鸡鸣，东方既白矣。大娘尝言曰："世有游闲公子、聪俊儿郎，至吾家者，未有不荡志迷魂、沉溺不返者也。然吾亦自逞豪奢，岂效龊龊倚门市娼，与人较钱帛哉！"以此，得"侠妓"声于莫愁、桃叶间⑧。

后归新安吴天行⑨，或云吴大年。天行巨富，资产百万，体羸，素善病，后房丽姝甚众，疲于奔命。大娘郁郁不乐。曩所欢胥生者⑩，赂仆婢，通音耗。渐托疾，客荐胥生能医，生得入见大娘。大娘以金珠银贝纳药笼中，挈以出，与生订终身约。后天行死，卒归胥生。

胥生本贫士，家徒四壁立，获吴氏资，渐殷富，与大娘饮酒食肉相娱乐，教女娃数人歌舞。生复以乐死。大娘老矣，流落闤闠⑪，仍以教女娃歌舞为活。余犹及见之，徐娘虽老，尚有风情⑫，话念旧游，潸然出涕⑬，真如华清宫女说开元、天宝遗事也。昔杜牧之于洛阳城东重睹张好好⑭，感旧伤怀，题诗以赠，末云："朋游今在否，落拓更能无？门馆恸哭后，水云秋景初。斜日挂衰柳，凉风生座隅。洒尽满襟泪，短歌聊一书。"⑮正为今日而说。余即书于素扇以贻之⑯，大娘捧扇而泣，或据床以哦，哀动邻壁。

[注释]

①豪侈：指性格豪放，不拘小节。

②曳罗縠（hú）：衣着华丽。罗縠，一种疏细适中的丝织品。

③高会：盛宴，盛会。

④狎客：陪伴权贵游乐的清客、帮闲。

⑤十番鼓：一种器乐合奏名。演奏时轮番使用鼓、笛、木鱼等十种乐器，故名。清李斗《扬州画舫录》："是乐不用小锣、金锣、铙钹、号筒，只用笛、管、箫、弦、提琴、云锣、汤锣、木鱼、檀板、大鼓十种，故名十番鼓。番者，更番之谓。"

⑥曜灵：太阳。战国楚屈原《天问》："角宿未旦，曜灵安藏？"

⑦罗帏从风：罗帐随风摆动。

⑧莫愁、桃叶：莫愁湖、桃叶渡。指当时金陵城内秦淮河一带。作者《咏怀古迹·莫愁湖》诗序："在石头城西，广可二顷。土人多植菱芡，香达数里。"

⑨新安：今安徽歙县。吴天行：明末富商。清施闰章有诗作《集吴天行钓雪堂》。

⑩曩：从前，先前。

⑪闤闠（huán huì）：街市，街头，这里指民间。

⑫徐娘虽老，尚有风情：语出《南史·后妃传》："徐娘虽老，犹尚多情。"作者《踏莎行·小饮飞来峰下萧九娘酒垆》词："徐娘虽老尚多情，当年留下伤心句。"徐娘原指梁元帝萧绎妃徐氏，后泛指年长而犹存风韵的女子。

⑬潸然：流泪的样子。

⑭张好好：唐代歌伎。貌美，善歌。

⑮朋游今在否……短歌聊一书：唐杜牧《张好好诗》，其序云："牧大和三年，佐故吏部沈公江西幕，好好年十三，始以善歌来乐籍中。后一岁，公移镇宣城，复置好好于宣城籍中。后二岁，为沈著作述师以双鬟纳之。后二岁，于洛阳东城重睹好好，感旧伤怀，故题诗赠之。"凉风生座隅，语出南朝宋颜延之《秋胡诗》："岁暮临空房，凉风起座隅。"座隅，座位的旁边。

⑯素扇：白色的没有写字绘画的扇子。

[点评]

李大娘在当时颇有盛名，杜濬在《初闻灯船鼓吹歌》中曾这样赞叹："绝艺于今谁做主？李小大歌张卯鼓。"冒辟疆对李大娘也很熟悉，其《己巳唱和：和书云先生〈己巳夏寓桃叶渡口即事感怀〉原韵》诗序中曾专门提及，可为本则文字之补充："余之淹留，大约在寒秀斋某楼为久。寒秀斋，李小大读书处。李小大之名，直接湘兰。定生访之，屡送千七百金，犹未轻晤，其人可知也。崇祯初，已归大商吴，曲中盛名，大家必推李氏。"另据徐釚《本事诗》记载："小大国变后为女道士，名净持。"

顾媚①，字眉生，又名眉。庄妍靓雅②，风度超群。鬓发如云，桃花满面，弓弯纤小③，腰支轻亚④。通文史，善画兰，追步马守贞⑤，而姿容胜之，时人推为南曲第一。

家有眉楼⑥，绮窗绣帘，牙签玉轴⑦，堆列几案：瑶琴锦瑟，陈设左右。香烟缭绕，檀马丁当⑧。余尝戏之曰："此非眉楼，乃迷楼也⑨"。人遂以"迷楼"称之。当是时，江南侈靡，文酒之宴⑩，红妆与乌巾、紫裘相间⑪，坐无眉娘不乐。而尤艳顾家厨食，品差拟郇公⑫、李太尉⑬，以故设筵眉楼者无虚日。

叶衍兰编绘《秦淮八艳图咏》之顾媚

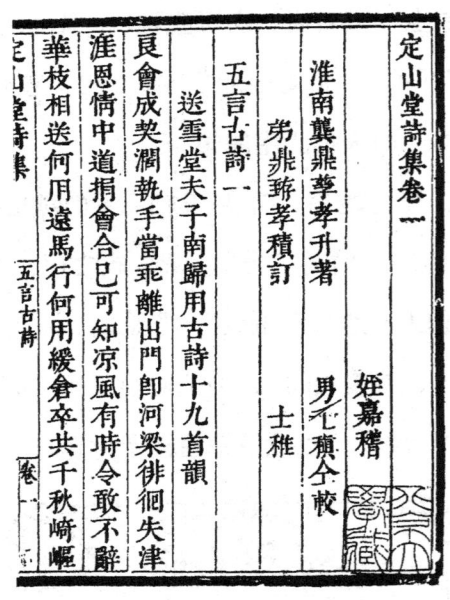

龚鼎孳《定山堂诗集》

然艳之者虽多，妒之者亦不少。适浙东一伧父，与一词客争宠[14]，合江右某孝廉互谋[15]，使酒骂座[16]，讼之仪司[17]，诬以盗匿金犀酒器[18]，意在逮辱眉娘也。余时义愤填膺，作檄讨罪，有云："某某本非风流佳客，谬称浪子[19]、端王[20]，以文鸳彩凤之区[21]，排封豕长蛇之阵[22]；用诱秦诳楚之计[23]，作摧兰折玉之谋[24]。种凤世之孽冤，煞一时之风景"云云。伧父之叔为南少司马[25]，见檄，斥伧父东归，讼乃解。眉娘甚德余，于桐城方瞿庵堂中[26]，愿登场演剧为余寿。从此摧幢息机[27]，矢脱风尘矣[28]。

未几，归合肥龚尚书芝麓[29]。尚书雄豪盖代[30]，视金玉如泥沙粪土，得眉娘佐之，益轻财好客，怜才下士，名誉盛于往时。客有求尚书诗文及乞画兰者，缣笺动盈箧笥[31]，画款所书"横波夫人"者也[32]。

岁丁酉③，尚书挈夫人重过金陵，寓市隐园中林堂㉞。值夫人生辰，张灯开宴，请召宾客数十百辈，命老梨园郭长春等演剧，酒客丁继之、张燕筑及二王郎（中翰王式之、水部王恒之）㉟，串《王母瑶池宴》㊱。夫人垂珠帘，召旧日同居南曲呼姊妹行者与燕，李大娘、十娘、王节娘皆在焉。时尚书门人楚严某㊲，赴浙监司任㊳，逗留居樽下，褰帘长跪㊴，捧卮称㊵："贱子上寿！"坐者皆离席伏。夫人欣然为罄三爵，尚书意甚得也。余与吴园次㊶、邓孝威作长歌纪其事㊷。

嗣后，还京师，以病死。敛时，现老僧相。吊者车数百乘，备极哀荣。改姓徐氏，世又称徐夫人。尚书有《白门柳》传奇行于世㊸。

顾眉生既属龚芝麓，百计祈嗣，而卒无子，甚至雕异香木为男，四肢俱动，锦绷绣褓，顾乳母开怀哺之，保母褰襁作便溺状，内外通称"小相公"，龚亦不之禁也。时龚以奉常寓湖上㊹，杭人目为"人妖"。后龚竟以顾为亚妻。元配童氏，明两封孺人㊺。龚入仕本朝，历官大宗伯㊻。童夫人高尚㊼，居合肥，不肯随宦京师，且曰："我经两受明封，以后本朝恩典，让顾太太可也。"顾遂专宠受封。呜呼！童夫人贤节过须眉男子多矣！

[注释]

①顾媚（1619～1664）：一字智珠，号眉庄。上元（今江苏南京）人。为秦淮八艳之一。著有《柳花阁集》。

②庄妍靓雅：相貌秀美文雅。

③弓弯：旧时女子裹缠如弓形的小脚。

④轻亚：轻柔纤细。

⑤马守贞：马湘兰。

⑥眉楼：原址在今南京桃叶渡附近，今已不存。

⑦牙签玉轴：书籍字画。牙签，用牙骨等制成的签牌，系在书卷上以作标识，便于翻检。后常用以代指书籍。玉轴，卷轴，借指珍美的图书字画。

⑧檐马丁当：挂在屋檐下的风铃叮当作响。

⑨迷楼：隋炀帝所建楼名。故址在今江苏扬州西北。唐冯贽《南部烟花记·迷楼》："迷楼凡役夫数万，经岁而成。楼阁高下，轩窗掩映，幽房曲室，玉栏朱楯，互相连属。帝大喜，顾左右曰：'使真仙游其中，亦当自迷也。'故云。"后世常以迷楼代称妓院。

⑩文酒：饮酒赋诗。

⑪红妆：女子的盛装。乌巾：即乌角巾，黑头巾。多为隐居不仕者所戴之帽。紫裘：名贵的衣服。

⑫郇公：唐郇国公韦陟（696～760）。出身豪门，性喜奢靡，对肴馔十分讲究。

⑬李太尉：李德裕（787～850），曾官至太尉，故有此称。李德裕亦出身豪门，生活奢靡。据唐李冗《独异志》记载，李德裕"每食一杯羹，费钱约三万。杂宝贝、珠玉、雄黄、朱砂煎汁为之，至三煎，即弃其滓于沟中"。

⑭词客：擅长文词者。据孟森考据，这位词客当为刘芳（参见其《横波夫人考》）。清吴德旋《闻见录》："（刘芳）与妓顾横波约为夫妇。横波后背约，而芳以情死。"

⑮孝廉：举人的别称。

⑯使酒骂座：在酒宴上借酒使性，辱骂同席之人。

⑰仪司：司法机构。

⑱金犀：黄金、犀牛角。

⑲浪子：李邦彦（？~1130），怀州（治今河南沁阳）人，字士美。善词曲，能蹴鞠，人称"李浪子"，做官时被人称为"浪子宰相"。

⑳端王：宋徽宗赵佶，其即位前为端王。

㉑文鸳彩凤：鸳鸯、凤凰。宋毛滂《踏莎行·陈兴宗夜集，俾爱姬出幕》："夭桃繁杏本妖妍，文鸳彩凤能俍傍。"

㉒封豕长蛇：大猪、长蛇。比喻贪暴者。语出《左传》："吴为封豕长蛇，以荐食上国，虐始于楚。"

㉓诱秦诓楚：战国时张仪劝秦以连横破合纵，以诡诈手段欺骗楚国背齐向秦，这里指挑拨离间。

㉔摧兰折玉：毁坏兰花，折断美玉。比喻摧残伤害女子。

㉕南少司马：南京兵部侍郎。

㉖方瞿庵：方应乾（1590~1663），原名若范，字时生，号瞿庵、水厓。恩贡生。著有《芙蓉近艺》。

㉗摧幢息机：闭门谢客，隐藏行迹。

㉘矢：发誓。

㉙龚尚书芝麓：龚鼎孳（1615~1673），字孝升，号芝麓，合肥（今安徽合肥）人，明崇祯七年（1634）进士，官兵科给事中。后降清，历官左都御史、礼部尚书。为人放旷，洽闻博学，工古文诗词，与吴伟业、钱谦益齐名，人称"江左三大家"，著有《定山堂集》。作者与其有交往，写有《沁园春·寄怀龚芝麓尚书，即用和陈其年韵》词等。

㉚盖代：盖世。

㉛缣笺：写在丝绢上的信札。箧笥：装东西的器物。

㉜横波夫人：顾媚嫁给龚鼎孳后，改姓徐，名横波，故有此称。

㉝丁酉：顺治十四年（1657）。

㉞市隐园：在今南京长乐路大油坊巷内，为明人姚元白所建。明顾起元《客座赘语》："市隐园在武定桥油坊巷，即姚元白所创者。"清金鳌《金陵待征录》："鼎革后，龚鼎孳挈眉娘居此。"中林堂：市隐园内的一处建筑。明王世贞《游金陵诸园记》："桥尽，得平屋五楹，中三楹所谓中林堂者也。"

㉟丁继之：原名丁胤（1585～约1675），南京人。明末清初清客，善演戏，与钱谦益、王士禛、周亮工等有交往。作者后文有介绍。张燕筑：南京人，善演戏。作者后文有介绍。中翰：明清时期内阁中书的别称。王式之：王民，字式之，江宁（今江苏南京）人。官中书舍人。工书，善歌。水部：魏置水部郎，晋设水部曹郎，隋唐至宋均以水部为工部四司之一，明清时期改为都水司，属工部，掌管水道事务。王恒之：此人待考。明末清初宋征舆有诗《赠金陵王恒之》，可见这位王恒之为金陵人。龚鼎孳亦有诗作《送王恒之归白门》。

㊱《王母瑶池宴》：内容当为王母瑶池开蟠桃会、宴请众仙之类故事。此类剧目自宋元以来较为流行，多在喜庆场合演出。

㊲楚严某：严正矩，字方公，孝感（今湖北孝感）人。崇祯九年（1636）进士。后降清，历任杭州知府、户部左侍郎。

㊳监司：负有监察之责的官吏。

㊴褰帘：撩开帘子。

㊵卮（zhī）：酒杯。

㊶吴园次：吴绮（1619~1694），字园次，号红豆词人。江都（今江苏扬州）人。官至湖州知府。能词擅曲，著有《林蕙堂集》《扬州鼓吹词》《岭南风物记》《啸秋风》《绣平原》《忠愍记》等。作者与其有较多交往，写有《满江红·祝园次五十》《念奴娇·寿园次》《巫山一段云·雨中简园次虎丘》等。吴绮曾为作者的《板桥杂记》一书做校对。

㊷邓孝威：邓汉仪（1617~1689），字孝威，号旧山，泰州（今江苏泰州）人。康熙间以布衣荐举博学鸿儒，授内阁中书。工诗，著有《淮阴集》《官梅集》《过岭集》等。

㊸《白门柳》传奇：当为演述顾媚平生事迹的一个剧目，现已佚失。

㊹奉常：秦九卿之一，西汉时更名为太常。龚鼎孳顺治二年（1645）任太常寺少卿，故有此称。

㊺孺人：古时大夫妻子的称呼，明清时为七品官的母亲或妻子的封号。

㊻大宗伯：周官名，掌邦国祭祀、典礼等事，明清时期称礼部尚书为大宗伯。

㊼高尚：志行高洁。

[点评]

"童夫人贤节过须眉男子多矣"一语，颇为值得玩味，作者对龚鼎孳的事清之举显然是颇有微词的。还有人将柳如是、钱谦益与顾媚、龚鼎孳进行比对，认为顾媚不如柳如是，当然这种比较也是有潜台词的。兹摘录如下：

> 龚鼎孳娶顾媚，钱谦益娶柳是，皆名妓也。龚以兵科给事中降闯贼，授伪直指使。每谓人曰：我原欲死，奈小妾不肯何？小妾者，

即顾媚也。见冯见龙《绅志略》。顾苓《河东君传》谓：乙酉五月之变，君劝钱死，钱谢不能。戊子五月，钱死后，君自经死。然则顾不及柳远矣。（清陆以湉《冷庐杂识》）

据《清史列传》记载，龚鼎孳事清后，工科给事中孙垍龄曾弹劾他为"明朝罪人，流贼御史。蒙朝廷拔置谏垣，优转清卿，曾不闻夙夜在公，以答高厚，惟饮酒醉歌，俳优角逐。前在江南用千金置妓，名顾眉生，恋恋难舍，多为奇宝异珍以悦其心，淫纵之状，哄笑长安，已置其父母妻孥于度外。及闻父讣，而歌饮流连，依然如故。亏行灭伦，独冀邀非分之典；夸耀乡里，欲大肆其武断把持之焰"。将这段话与余怀的上述记述对读，也就可以知道其微词之所在。

叶衍兰编绘《秦淮八艳图咏》之董小宛

董白①,字小宛,一字青莲。天姿巧慧,容貌娟妍。七八岁时,阿母教以书翰②,辄了了③。稍长顾影自怜④,针神曲圣⑤、食谱茶经,莫不精晓。性爱闲静,遇幽林远涧、片石孤云,则恋恋不忍舍去。至男女杂坐,歌吹喧阗,心厌色沮⑥,意弗屑也。慕吴门山水⑦,徙居半塘⑧,小筑河滨⑨,竹篱茅舍。经其户者,则时闻歌诗声或鼓琴声,皆曰:"此中有人。"已而,扁舟游西子湖,登黄山,礼白岳⑩,仍归吴门。丧母,抱病,画楼以居⑪。

冒辟疆像

随如皋冒辟疆过惠山[12]，历澄江、荆溪[13]，抵京口[14]，涉金山绝顶[15]，观大江竞渡以归[16]。后卒归辟疆为侧室，事辟疆九年，年二十七，以劳瘁死。死时，辟疆作《影梅庵忆语》二千四百言哭之，同人哀辞甚多，惟吴梅村宫尹十绝句[17]，可传小宛也。

存其四首云：

珍珠无价玉无瑕，小字贪看问妾家。
寻到白堤呼出见[18]，月明残雪映梅花。

又云：

念家山破定风波[19]，郎按新词妾按歌。
恨杀南朝阮司马[20]，累侬夫婿病愁多。

吴梅村《吴诗集览》

又云：

乱梳云鬓下妆楼，尽室仓皇过渡头。
钿盒金钗浑抛却，高家兵马在扬州[21]。

又云：

江城细雨碧桃村，寒食东风杜宇魂[22]。
欲吊薛涛怜梦断[23]，墓门深更阻侯门。

[注释]

①董白（1624~1651）：秦淮八艳之一。

②书翰：文字，书信。

③了了：清楚，明白。

④顾影自怜：看着自己的影子觉得可爱，自矜其美，自我欣赏。语出南朝梁张率《绣赋》："顾影自媚，窥镜自怜。"

⑤针神：典出晋王嘉《拾遗记》："文帝所爱美人，姓薛名灵芸。……改灵芸之名曰夜来。……夜来妙于针工，虽处于深帷之内，不用灯烛之光，裁制立成。非夜来缝制，帝则不服。宫中号为'针神'也。"后以针神称针线活特别精巧的女子，这里泛指针线活。曲圣：这里指唱曲。

⑥心厌色沮：内心厌烦，神情沮丧。

⑦吴门：苏州。

⑧半塘：在今江苏苏州阊门外山塘街，长七里，其一半处称半塘。作者有诗作《过半塘访姚仙期值往云间未遇》。

⑨小筑：小巧雅致的房舍。

⑩白岳：即齐云山，在今安徽休宁县西，为中国四大道教名山之一，古称白岳。

⑪画楼：雕饰华丽的楼房。

⑫冒辟疆：冒襄（1611～1693），字辟疆，号巢民，如皋（今江苏如皋）人。少有俊才，喜交结文士。入清不仕，终身布衣，以著述自娱。工诗，著有《水绘园诗文集》《朴巢诗文集》等。作者与其有交往，写有《浣溪纱·寄冒辟疆》《冒巢民先生七十寿序》《跋冒巢民寒食哀伥诗》等。惠山：在今江苏无锡西，以产泉水而闻名。

⑬澄江：澄江河，在今江苏江阴北。荆溪：从江苏南京市高淳区流经溧阳、宜兴的一条河流。

⑭京口：今江苏镇江。

⑮金山：在今江苏镇江西北。绝顶：山峰最高处。

⑯竞渡：划船比赛。

⑰吴梅村：吴伟业（1609～1672），字骏公，号梅村。太仓（今江苏太仓）人。崇祯四年（1631）进士，授翰林院编修、东宫讲读官、南京国子监司业等。入清任国子祭酒。与钱谦益、龚鼎孳并称"江左三大家"。著有《梅村家藏稿》《梅村诗余》《秣陵春》《临春阁》《通天台》等。作者与其有交往，有诗作《吴郡五君咏·吴宫尹骏公》等。宫尹：太子詹事。吴伟业曾官少詹事，故有此称。十绝句：包括《题冒辟疆名姬董白小象八首并序》《又题董君画扇二首》。

⑱白堤：吴伟业原诗注云："余向赠诗有'今年明月长洲白'之句，白堤即其家也。"

⑲念家山破定风波：即念家山破、定风波，皆为词牌名。

⑳南朝：南明王朝。阮司马：阮大铖（约1587～1646），字集之，号圆海、石巢、百子山樵。怀宁（今安徽安庆）人。万历四十四年（1616）进士，因依附魏忠贤阉党，为士林所不齿。南明时官兵部尚书、右副都御史，后降清。精通戏曲，著有《燕子笺》《春灯谜》《双金榜》《牟尼合》等传奇。

㉑高家兵马在扬州：指当时高杰所率领的军队在扬州烧杀抢掠。

㉒寒食：节日名。在清明前一日或二日。杜宇：杜鹃。相传为古蜀王杜宇之魂所化。春末夏初，常昼夜啼鸣，其声悲切。

㉓薛涛：字洪度，长安（今陕西西安）人。唐代歌伎。容貌美艳，多才艺，善歌舞，工诗词，与当时诗人元稹、白居易、刘禹锡、杜牧等都有交往。著有《锦江集》。

[点评]

围绕董小宛这位名妓，有太多可说的话题，仅仅是她与冒辟疆的缠绵情事已让人嘘唏不已。但有些人还嫌不够，于是又虚构出其与顺治皇帝悲楚凄婉的所谓爱情故事，将其与《红楼梦》这部传世名著联系起来。殊不知，顺治皇帝出生时，董小宛已经十五岁，董小宛二十八岁去世的时候，顺治皇帝才十四岁，两人的所谓爱情，只能是子虚乌有。

叶衍兰编绘《秦淮八艳图咏》之卞赛

卞赛①,一曰赛赛,后为女道士,自称玉京道人。知书,工小楷,善画兰、鼓琴。喜作风枝袅娜②,一落笔,画十余纸。

年十八,游吴门,侨居虎丘③。湘帘棐几④,地无纤尘。见客,初不甚酬对;若遇佳宾,则谐谑间作,谈辞如云,一座倾倒。寻归秦淮,遇乱,复游吴。梅村学士作《听女道士卞玉京弹琴歌》赠之,中所云"昨夜城头吹筚篥⑤,教坊也被传呼急。碧玉班中怕点留⑥,乐营门外卢家泣⑦。私更妆束出江边,恰遇丹阳下渚船⑧。剪就黄绝贪入道⑨,携来绿绮诉婵娟"者⑩,正此时也。

吴梅村像

　　在吴作道人装，然亦间有所主。侍儿柔柔，承奉砚席如弟子，指挥如意⑪，亦静好女子也。逾两年，渡浙江，归于东中一诸侯⑫。不得意，进柔柔，当夕乞身下发⑬。复归吴，依良医郑保御⑭，筑别馆以居⑮。长斋绣佛，持戒律甚严，刺舌血，书《法华经》，以报保御。又十余年而卒，葬于惠山祇陀庵锦树林⑯。

[注释]

　　①卞赛：字云庄。曾题自画小幅："沙鸥同住水云乡，不记荷花几度香。颇怪麻姑太多事，犹知人世有沧桑。"

　　②风枝袅娜：风中摇曳的树枝。

　　③虎丘：在今江苏苏州西北。相传春秋时吴王阖闾葬于此，有虎丘塔、云岩寺、剑池、千人石等名胜古迹。作者写有《始登虎丘》《舟泊虎

丘晓周子静》《虎丘十咏》等诗作。

④榧（fěi）几：用榧木做的几桌。这里泛指几桌。

⑤觱篥（bì lì）：即觱篥。一种管乐器，多用于军中。

⑥碧玉：年轻貌美的婢妾或小家女子。点留：点名留下。

⑦乐营：旧时官妓的坊署。卢家：卢家之女，相传为三国魏武帝时宫女，善鼓琴。泛指善奏乐器的女子。

⑧丹阳：今江苏丹阳。下渚船：开往下游的船只。

⑨黄絁（shī）：黄色的粗绸，这里指道家的装束。

⑩绿绮：汉代司马相如的琴名，这里代指琴。

⑪如意：符合心意。

⑫东中一诸侯：指郑应皋，字建德，号慈卫。顺治四年（1647）进士。曾任建德县令。东中，会稽的别称。

⑬乞身：请求辞去。下发：剃发。

⑭郑保御：郑钦谕（1586～1622），字三山，号初晓道人。吴县（今江苏苏州）人。世代行医，医术高超。

⑮别馆：别墅。

⑯祇（zhī）陀庵：祇陀寺，始建于南朝梁武帝大同二年（536）。在今江苏无锡。

[点评]

过人的才艺与传奇的经历使卞赛成为当时文人争相吟咏的对象。在众多诗作中，以吴梅村的《听女道士卞玉京弹琴歌》流传最广，对其生平事迹也讲得颇为详细，可与本则文字对读。现摘录如下：

驾鹅逢天风,北向惊飞鸣。

飞鸣入夜急,侧听弹琴声。

借问弹者谁?云是当年卞玉京。

玉京与我南中遇,家近大功坊底路。

小院青楼大道边,对门却是中山住。

中山有女娇无双,清眸皓齿垂明珰。

曾因内宴直歌舞,坐中瞥见涂鸦黄。

问年十六尚未嫁,知音识曲弹清商。

归来女伴洗红妆,枉将绝技矜平康,
如此才足当侯王。

万事仓皇在南渡,大家几日能枝梧。

诏书忽下选蛾眉,细马轻车不知数。

中山好女光徘徊,一时粉黛无人顾。

艳色知为天下传,高门愁被旁人妒。

尽道当前黄屋尊,谁知转盼红颜误。

南内方看起桂宫,北兵早报临瓜步。

闻道君王走玉骢,犊车不用聘昭容。

幸迟身入陈宫里,却早名填代籍中。

依稀记得祁与阮,同时亦中三宫选。

可怜俱未识君王,军府抄名被驱遣。

漫咏临春琼树篇,玉颜零落委花钿。

当时错怨韩擒虎,张孔承恩已十年。

但教一日见天子,玉儿甘为东昏死。

羊车望幸阿谁知?青冢凄凉竟如此!

我向花间拂素琴，一弹三叹为伤心。
暗将别鹄离鸾引，写入悲风怨雨吟。
昨夜城头吹筚篥，教坊也被传呼急。
碧玉班中怕点留，乐营门外卢家泣。
私更装束出江边，恰遇丹阳下渚船。
剪就黄绹贪入道，携来绿绮诉婵娟。
此地繇来盛歌舞，子弟三班十番鼓。
月明弦索更无声，山塘寂寞遭兵苦。
十年同伴两三人，沙董朱颜尽黄土。
贵戚深闺陌上尘，吾辈漂零何足数。
坐客闻言起叹嗟，江山萧瑟隐悲笳。
莫将蔡女边头曲，落尽吴王苑里花。

玉京有妹曰敏，顁而白如玉肪①，风情绰约，人见之，如立水晶屏也。亦善画兰、鼓琴，对客为鼓一，再行即推琴敛手，面发赪色②。画兰，亦止写筱竹枝③、兰草二三朵，不似玉京之纵横枝叶、淋漓墨沈也④，然一以多见长，一以少为贵，各极其妙，识者并珍之。携来吴门，一时争艳，户外屦恒满。乃心厌市嚣⑤，归申进士维久⑥。

维久宰相孙，性豪举，好宾客，诗文名海内，海内贤豪多与之游，得敏，益自喜，为闺中良友。亡何⑦，维久病且殁，家中替⑧。敏复嫁一贵官颍川氏⑨，官于闽。闽变起⑩，颍川氏手刃群妾，遂自刭。闻敏亦在积尸中也⑪。或曰三年病死。

[注释]

①顁：身材苗条。玉肪：美玉、油脂。语出三国魏曹丕《与锺大理书》："窃见玉书，称美玉白如截肪。"

②赪（chēng）色：红色。

③筱（xiǎo）竹枝：细小的竹枝。

④墨沈：墨汁。

⑤市嚣：市井间的喧闹。

⑥申进士维久：申绖祚，字维久，长洲（今江苏苏州）人。顺治十二年（1655）进士。为明吏部尚书、首辅申时行之孙。作者有诗作《吴郡五月五日歌呈叶圣野、申维久》。

⑦亡何：不久。

⑧替：衰败、衰落。

⑨颍川氏：姓陈的人。此人待考，一说为福建巡海道陈启泰。

⑩闽变：康熙十三年（1674），耿精忠在福建起兵反清。

⑪积尸：堆积在一起的尸体。

[点评]

卞敏的画作后来在世间时有流传，据《秦淮感旧录》记载，陈巧龄曾购藏其墨兰一幅。这幅墨兰图彭兆荪也看到过，并写有诗作。兹摘录如下：

王高词出所藏卞敏画兰属题，一枝鼓风，嫣然独绝，为赋三绝句，书于帧首。敏为玉京道人妹，此帧画于崇祯癸未中秋后一日，年十四五时笔也。

粉印螺香一尺绡，枣花帘下想垂髫。
如何便解灵修怨，不写东风豆蔻梢。

关心阿姊说桃根，曾着黄绅入道门。
似替伊人写秋照，藕丝冠底澹眉痕。

旧院风流话水天，青溪纨素半飞烟。
亭亭一朵秋花影，尚在恒河浩劫前。

范珏,字双玉。廉静①,寡所嗜好,一切衣饰、歌管艳靡纷华之物②,皆屏弃之。惟阖户焚香瀹茗③,相对药炉、经卷而已。性喜画山水,摹仿史痴④、顾宝幢⑤,檐丫老树⑥,远山绝涧⑦,笔墨间有天然气韵,妇人中范华原也⑧。

[注释]

①廉静:谦逊沉静。

②艳靡纷华:华艳奢靡。

③瀹(yuè)茗:煮茶。

④史痴:史忠(1438~?),本姓徐,字端本,一字廷直。金陵(今江苏南京)人。善绘山水、人物、花木、竹石等,尤长于画云山,精于词曲。因外呆内慧,人称其为"痴翁""史痴"。明周晖《金陵琐事》:"史痴,山水人物,自写胸中逸气,不可以画之常格求之。……工小令。"

⑤顾宝幢:顾源,字清甫,号丹泉、宝幢居士。明金陵(今江苏南京)人。善书画与诗,不泥古法,书法笔力遒劲,山水自成一家。

⑥檐丫:枝杈歧出的样子。

⑦绝涧:高山陡壁之下的溪涧。

⑧范华原:范宽,原名中正,字仲立。华原(今陕西铜川)人。北宋画家,工山水画,有《溪山行旅图》、《雪山萧寺图》、《秋林飞瀑图》、《雪景寒林图》等传世。

[点评]

范珏画作达到相当的水准,当时有不少文人为其题咏,如文震亨《秦淮女郎范双玉善书画索诗》、陈文述《题范双玉青溪一曲画卷》、吴绮《题范双玉画梅册》等。这里选录陈文述的《题范双玉青溪一曲画卷》四首：

碧树红楼见逸才，六朝山翠共徘徊。
美人家住秦淮畔，解写青溪一曲来。

青溪九曲已无存，一曲长留白下门。
张丽华祠江总宅，六朝遗迹尽销魂。

卜居我欲傍青溪，长板红桥路向西。
画里分明好池馆，残宵不厌剪灯题。

临水登山兴未孤，流连花月笑狂奴。
秦淮两岸人如玉，更有丹青似尔无。

顿文，字少文，琵琶顿老女孙也。性聪慧，识字义①，唐诗皆能上口。授以琵琶，布指《濩索》②，然意弗屑，不肯竟学。学鼓琴③，雅歌《三叠》④，清泠然⑤，神与之浃⑥，故又字曰琴心云。

琴心生于乱世，顿老赖以存活，不能早脱乐籍。赁屋青溪里⑦，荜门圭窦⑧，风月凄凉。屡为健儿、伧人所厄⑨，最后为李姓者挟持，牵连入狱。虽缘情得保，犹守以牛头阿旁也⑩。客有王生者，挽余居间营救，偕往访之，风鬟雾鬓，憔悴可怜⑪，犹援琴而鼓弹《别凤离鸾》之曲⑫，如猿吟鹃啼⑬，不忍闻也。余说内乡许公⑭，属其门生直指使者纵之⑮，复还故居。

吴郡王子其长主张燕筑家⑯，与琴心比邻，两相慕悦。王子故轻侠，倾金钱，赈其贫悴⑰。将携归，置别室，突遘奇祸⑱。收者至⑲，见琴心，诧曰："此真祸水也。"悯其非辜，驱之去，独捕王子。王子被戮，琴心逸，然终归匪人⑳。嗟乎！佳人命薄，若琴心者，其尤哉！其尤哉！

[注释]

①识字义：读书识字。顿文著有《翠拥楼词》。

②布指：挥动手指。《濩（hù）索》：《转关濩索》的省称，古琵琶曲名。

③鼓琴：弹琴。

④雅歌：伴以雅乐歌唱。《三叠》：《阳关三叠》，古琴曲名。

⑤泠然：形容声音清越，悠扬。

⑥浃（jiā）：通达，透彻。

⑦青溪里：后改名黄家塘，在今江苏南京市长江路北。

⑧荜门圭窦：编竹为门，穿墙作窗。指房屋较为简陋。语出《左传·襄公十年》："荜门闺窦之人而皆陵其上，其难为上矣。"

⑨健儿、伧人：指地痞无赖。厄：威逼，逼迫。

⑩牛头阿旁：地狱中的鬼卒，这里指凶恶可怕的人。

⑪风鬟雾鬓，憔悴可怜：语出宋李清照《永遇乐》："如今憔悴，风鬟雾鬓，怕见夜间出去。"风鬟雾鬓，头发蓬松散乱。

⑫《别凤离鸾》：即《双凤离鸾》，古琴曲名。

⑬猿吟鹃啼：形容曲调凄婉动人。猿吟，猿猴长鸣。北周庾信《伤心赋》："鹤声孤绝，猿吟肠断。"鹃啼，杜鹃啼声凄苦，多用以形容人的思念之苦、悲怨之深。元王元鼎《雁传书》套曲："鹃啼春思月中魂，花迷蝶梦窗前影。"

⑭内乡许公：徐宸，内乡（今河南内乡）人。崇祯十三年（1640）进士。入清任江南按察使。

⑮直指使者：汉武帝时朝廷所设专管巡视、处理各地政事的官员。因出巡时身着绣衣，故又称"绣衣直指""直指绣衣使者"。这里泛指官员。

⑯王子其长：王发，字其长，吴县（今江苏苏州）人。作者有诗作《题王其长菊圃》。

⑰贫悴：贫困。

⑱遘（gòu）：遭遇，遇到。

⑲收者：抓捕的人。

⑳匪人：非人，不适合的人。

[点评]

　　明代末年，琵琶顿老作为体现上一个时代风月繁华的标志性人物被文人反复吟咏，顿文喜欢弹琴而不喜欢弹琵琶，似乎有些出人意料，但她作为顿氏后人的身份给人印象更深。梅鼎祚的如下这首诗正反映了这一点：

顿姬坐追谈正德南巡事
顿之先有顿仁弹琵琶及角妓王宝奴俱见幸

　　武帝时巡跸旧京，烟花南部属车行。
　　更衣别置宫杨绕，蹴鞠新场御草平。
　　遍选檀槽催凤拍，忽传金弹逐莺声。
　　宝奴老去优仁远，坊曲今谁记姓名？

沙才,美而艳,丰而柔①,骨体皆媚②,天生尤物也③。善弈棋、吹箫、度曲。长指爪④,修容貌⑤,留仙裙⑥,石华广袖⑦,衣被灿然⑧。

后携其妹曰嬞者游吴郡⑨,卜居半塘⑩,一时名噪,人皆以"二赵""二乔"目之⑪。惜也才以疮发,剜其半面;嬞归咤利⑫,郁郁死⑬。

[注释]

①丰而柔:语出汉伶玄《赵飞燕外传》:"丰若有余,柔若无骨。"

②骨体:全身。

③天生尤物:容貌美丽的女子。《左传·昭公二十八年》:"夫有尤物,足以移人。"

④指爪:指甲。

⑤修容貌:注重仪表。

⑥留仙裙:带绉褶的裙子,典出汉伶玄《赵飞燕外传》:"他日宫姝幸者,或襞裙为绉,号'留仙裙'。"

⑦石华广袖:典出汉伶玄《赵飞燕外传》:"后与婕妤坐,后误唾婕妤袖。婕妤曰:'姊唾染人绀袖,正似石上华。假令尚方为之,未必能若此衣之华。'以为石华广袖。"

⑧灿然:鲜丽的样子。

⑨嬞(měi):美。此处"嬞"当作"嫩"。沙嫩为明末名妓,名宛在,字嫩儿、未央,自称桃叶女郎。多才多艺,工诗词、书法,善吹箫,著有《蝶香集》。

⑩卜居:择地居住。

⑪二赵：西汉赵飞燕、赵昭仪姐妹。二乔：三国吴乔公的两个女儿大乔、小乔。

⑫咤利：当即沙吒利，唐许尧佐小说《柳氏传》中的人物，为番将，夺占韩翃爱妾柳氏。这里指粗鲁蛮横之人。

⑬郁郁：忧伤苦闷。

[点评]

"美而艳，丰而柔，骨体皆媚"的天生尤物沙才竟然"以疮发，剜其半面"，命运对她过于残酷了。清人詹应甲见到过沙才的小影，并写有《赵约亭以所藏沙才小影乞题》四首，兹摘录如下：

寂寞秦淮旧紫箫，水楼明月夜迢迢。
银筝纨扇归何处，留得余香记板桥。

银床一角枕云屏，碧玉吹残酒渐醒。
此际停声红烛短，枣花帘外有人听。

断纨零粉写双蛾，唤到真真辄奈何。
可惜不同凉月夜，阿荷檀板磬儿歌。

三月莺声河上梦，一奁花气镜中身。
携归更觅丹青手，添写南楼倚笛人。

沙嫩善于吹箫，在当时颇有盛名，王士禛在其《秦淮杂诗》中曾专门提及："傅寿清歌沙嫩箫，红牙紫玉夜相邀。而今明月空如水，不见青溪长板桥。"周在浚在其《金陵古迹诗》小注中说得更为明确："当时曲中以沙嫩箫为第一。"另陈文述有《题沙嫩吹箫小影》，并云"图为琴南所藏"，不知此小影如今尚存否。

马娇,字婉容。姿首清丽①,濯濯如春月柳②,滟滟如出水芙蓉③,真不愧"娇"之一字也。知音识曲,妙合宫商④,老伎师推为独步。然终以误堕烟花为恨,思择人而事,不敢以身许人,卒归贵竹杨龙友⑤。

龙友名文骢,以诗、画擅名,华亭董文敏亟赏之⑥。先是,闽中郭圣仆有二妾⑦:一曰李陀那⑧,一曰朱玉耶⑨。圣仆殁,龙友得玉耶,并得其所蓄书画、瓶砚、几杖诸玩好古器⑩,复拥婉容,终日摩挲笑语为乐⑪。

甲申之变,贵阳马士英册立弘光⑫,自为首辅⑬,援引阉儿阮大铖构党煽权⑭,挠乱天下,以致五月出奔。都城百姓焚烧两家居第,以龙友乡戚有连⑮,亦被烈炬,顷刻灰烬。时龙友巡抚苏、松,尽室以行⑯。玉耶久殉,婉容莫知所终。龙友父子殉难闽峤⑰,无遗种也⑱。犹存老母,丐归金陵,依家仆以终天年。

婉容有妹曰嫩⑲,亦著名。

[注释]

①姿首:容貌。

②濯濯如春月柳:语出《晋书·王恭传》:"恭美姿仪,人多爱悦,或目之云:'濯濯如春月柳。'"濯濯,明净、清朗的样子。

③滟滟如出水芙蓉:语出宋无名氏《李师师外传》:"新浴方罢,娇艳如出水芙蓉。"滟滟,水光浮动的样子。

④宫商:五音中的宫音与商音。这里泛指音律。

⑤贵竹:今贵州贵阳。

⑥董文敏：董其昌（1555~1636），字玄宰，号思白、香光居士。华亭（今上海市松江区）人。万历十七年（1589）进士，官至礼部尚书、太子太保。谥文敏。工书善画，为明末四大书家之一。传世作品有《云山小隐图》、《遥山泼翠图》等。

⑦郭圣仆：郭天中，一名俊，字圣仆。莆田（今福建莆田）人。工书，专精篆、隶。钱谦益《列朝诗集》云其"不事生产，专精隶、篆之学。穷厓断碑，搜访模拓，寝食都废。晚年隶书益进，师法秦、汉，最为逼古"。

⑧李陀那：善画山水，尤工水仙。

⑨朱玉耶：江宁（今江苏南京）人。善画山水，亦工诗。

⑩瓶砚、几杖：砚台、坐几、手杖等，这里泛指古玩器物。玩好：供玩赏的奇珍异宝。古器：钟鼎等器物。

⑪摩挲：抚摸把玩。

⑫马士英（约1591~1646）：字瑶草，贵阳（今贵州贵阳）人。万历四十七年（1619）进士，历官南京户部主事、右佥都御史。明亡后拥立福王建立南明王朝，任东阁大学士，起用阉党阮大铖，打击东林党人。后为清兵所杀。弘光：指福王朱由崧，明亡后被拥立为南明皇帝，年号弘光。

⑬首辅：明代对首席大学士的称呼。

⑭构党煽权：结党擅权。

⑮乡戚有连：同乡亲戚关系。

⑯尽室：全家。

⑰闽峤：福建境内的山地。

⑱遗种：后代。

⑲㜪：当从《说铃》本作"嫩"。

[点评]

越剧有剧目《马婉容激夫》，将不知所终的马娇塑造成一位舍生取义的烈女子形象。马娇由越剧名家傅全香扮演。该剧依据费只园的小说《清朝三百年艳史》改编，费氏如此演绎，或有所本，当然也可能只是其小说家言。

又有小马嬿者①,轻盈飘逸,自命风流。真州盐贾用千金购得②,奉溧阳陈公子③。公子昵之未久,并奁具赠豫章陈伯玑④,生一子一女,如王子敬之有桃根也⑤。

[注释]

①嬿:当从《说铃》本作"嫩"。

②真州:今江苏仪征。

③溧阳陈公子:陈名夏(1601~1654),字百史,溧阳(今江苏溧阳)人。崇祯十六年(1643)进士。官修撰、户兵二科都给事中。后降清,官至吏部尚书、大学士,著有《石云居士文集》。

④豫章:今江西南昌。陈伯玑:陈允衡(1622~1672),字伯玑,号玉渊,南昌(今江西南昌)人。明亡后,避乱流寓南京,以诗歌自娱,著有《爱琴馆集》等。

⑤王子敬:王献之(344~386),字子敬,会稽山阴(今浙江绍兴)人。王羲之第七子,官至中书令。工书,与其父并称"二王"。桃根:王献之爱妾桃叶之妹。作者《咏怀古迹·桃叶渡》诗序:"桃叶、桃根,皆王献之妾名。"

[点评]

钱谦益写有《为陈伯玑题浣花君小影》四首,从内容来看,这位浣花君很可能就是小马嫩。清人姚范在其《援鹑堂笔记》中提出这一看法:"《为陈伯玑题浣花君小影》。按余怀《板桥杂记》云:马嫩者,溧阳陈公子昵之未久,赠豫章陈伯玑,生一子一女。此所云浣花君者,即是人耶?"如果浣花君就是小马嫩的话,我们不仅可以知道小马嫩的另一个名字，而且可以摹想其"轻盈飘逸"的姿态。兹摘录钱谦益《为陈伯玑题浣花君小影》四首如下：

嫁得东家十五余，莫愁湖水浣花如。
薄装自制莲花服，礼罢金经伴读书。

杜曲湘兰日暮云，桃根桃叶自殷勤。
琴心三叠将雏曲，不唱前朝白练裙。

生来形影镇相亲，画里春风掌上人。
含睇分明又疑笑，休教错莫唤真真。

一掷丹砂变海田，麻姑纤手故依然。
老夫梵志余长爪，传语万平莫浪鞭。

顾喜，一名小喜。性情豪爽，体态丰华①。双趺不纤妍②，人称为顾大脚，又谓之"肉屏风"③。然其迈往不屑之韵④，凌霄拔俗之姿⑤，则非篱壁间物也⑥。当之者，似李陵提步卒三千人抵鞮汗山⑦，入狭谷，往往败北生降矣。汉武帝《悼李夫人赋》有云⑧："佳侠含光。"⑨余题四字颜其室⑩。乱后，不知从何人以去，或曰归一公侯子弟云。

[**注释**]

①丰华：丰满。

②趺：脚。纤妍：纤细好看。

③肉屏风：典出五代王仁裕《开元天宝遗事·肉阵》："杨国忠于冬月常选婢妾肥大者，行列于前，令遮风。盖借人之气相暖，故谓之'肉阵'。"后亦称"肉阵"为"肉屏风"。

④迈往不屑：超凡脱俗。语出晋王羲之《诫谢万书》："以君迈往不屑之韵，而俯同群辟，诚难为意也。"

⑤凌霄拔俗：志向高远，不同俗流。

⑥篱壁间物：平凡易得之物。典出南朝宋刘义庆《世说新语·排调》："桓玄素轻桓崖，崖在京下有好桃，玄连就求之，遂不得佳者。玄与殷仲文书，以为嗤笑，曰：'德之休明，肃慎贡其楛矢；如其不尔，篱壁间物亦不可得也。'"

⑦李陵：（？~前74），字少卿，陇西成纪（今甘肃静宁西南）人。为名将李广之孙，善骑射。武帝时，任骑都尉。后为匈奴所困，不得已而降。鞮（dī）汗山：今蒙古西南谱颜博格多山，为李陵兵败投降之处。

⑧汉武帝：刘彻（前156~前87），景帝子，公元前141年至公元前

87年在位。

⑨佳侠含光:光彩照人。佳侠,佳丽,美人。

⑩颜:增色。

[**点评**]

在以小脚为美的时代里,被戏称为顾大脚,显然会让人感到难堪。好在这位顾喜性情豪爽,并没有放在心上,反而让人刮目相看。作者本人对小脚也是颇有微词的,他在《妇人鞋袜考》一文中说得很明确:"宋元丰以前,缠足者尚少。自元至今,将四百年,矫揉造作,亦太甚矣。"

朱小大,颇著美名,余未之见,然闻其纤妍俏洁①,涉猎文艺,粉掐墨痕②,纵横缥帙③,是李易安之流也④。归昭阳李太仆⑤。太仆遇祸,家灭。

[注释]

①纤妍俏洁:容貌美丽,纤细雅洁。

②粉掐墨痕:泛指善于作画。粉掐、墨痕为两种作画的手法。

③缥帙:淡青色的书衣。这里指书卷、书本。

④李易安:李清照(1084～约1151),号易安居士。章丘(今山东章丘西北)人。南宋词人,著有《漱玉词》。

⑤昭阳李太仆:其人待考。一说为李思诚。昭阳,今江苏兴化。太仆,周官有太仆,掌正王之服位,出入王命,为王左驭而前驱。秦汉沿置,为九卿之一,为天子执御,掌舆马畜牧之事。北齐始称太仆寺卿、少卿。

[点评]

"家灭"就意味着人散或人亡,朱小大的不幸结局可想而知。

王小大，生而韶秀①，为人圆滑便捷②，善周旋，广筵长席③，人劝一觞，皆膝席欢受④。又工于酒纠、觥录事⑤，无毫发谬误，能为酒客解纷释怨，时人谓之"和气汤"。

扬州顾尔迈⑥，字不盈，镇远侯介弟也⑦。挟戚里之富⑧，往来平康。悦小大，贮之河亭。时时召客大饮，效陈孟公⑨、高季式⑩，授女将军酒正印⑪，左右指麾。客皆极饮滥醉。有醉而逸者，锁门脱履，卧地上，至日中乃醒。时吴桥范文贞公官南大司马⑫，不盈为揖客⑬，出入辕戟⑭，有古任侠风，书画与郑超宗齐名⑮。

[注释]

①韶秀：清秀美丽。

②圆滑便捷：善于处世，敏捷灵活。

③广筵长席：盛宴，盛会。

④膝席：跪在席上，直起身子，以示尊敬。

⑤酒纠、觥录：饮宴时，劝酒监酒令。

⑥顾尔迈：字不盈，江都（今江苏扬州）人。曾做过范景文幕僚，著有《明珰彰瘅录》等。

⑦镇远侯：顾肇迹，字超之。为夏国公顾成之第十一代孙。明亡死难。介弟：对他人弟弟的尊称。

⑧戚里：亲戚乡里。

⑨陈孟公：陈遵（？～约24），字孟公，杜陵（今陕西西安东南）人。历任京兆史、郁夷令，封嘉威侯。性嗜酒，每次与宾客宴饮，都关门不让他们出去，非醉不休。作者《余子说史》："陈遵嗜酒。每大饮，宾客满堂，辄关门，取客车辖投井中。"

⑩高季式(516~553):字子通,渤海蓨(今河北景县)人。历任尚食典御、济州刺史、侍中、冀州大中正都督。性喜饮酒。

⑪酒正:掌管酒政之酒官。

⑫范文贞公:范景文,生平见前注。

⑬揖客:长揖不拜之客,地位较高。

⑭辕戟:将帅的营门,这里指军营或官署。

⑮郑超宗:郑元勋(1604~1645),字超宗,号惠东,歙县(安徽歙县)人。崇祯十六年(1643)进士,官兵部职方司主事。工诗善画,兼工造园。著有《影园集》。

[点评]

这位王小大不仅善于劝酒,骑马水平也不低,谭元春写有《摄山看王小大走马歌》,摘录如下,以见此人才艺的另一面:

> 城中尚未收秋辉,城外秋荷香侬衣。
> 山空马响丽人静,去来野红光中飞。
> 初见夕阳照怪石,再见素衫摇空碧。
> 松柏阴阴不障道,万步一折秋云襞。
> 发欲乱时勒未收,感郎意气当马头。
> 盘马身轻如堕马,春螺再向镜中写。

张元,清瘦轻佻①,临风飘举②。齿稍长③,在少年场中④,纤腰踽步⑤,亦自楚楚⑥,人呼之为"张小脚"。

[注释]

①轻佻:这里当指其身体轻盈。
②临风飘举:形容其容貌轻灵超逸。
③齿稍长:年龄稍大。
④少年场:年轻人聚会的场所。北周庾信《结客少年场行》:"结客少年场,春风满路香。"
⑤踽(jǔ)步:轻柔的步子。
⑥楚楚:娇美的样子。

[点评]

这位临风飘举、亦自楚楚的张小脚曾引起学者俞樾的关注,其《茶香室丛钞》一书中有如下记载:

> 又有放风筝周三、吕偏头。此两人者,殆放风筝之妙手邪。余旧有《美人风筝诗》云:"楚楚临风张小脚,眈眈注目吕偏头。"以太纤小不入集,聊识于此。张小脚见《板桥杂记》。

刘元，齿亦不少①，而佻达轻盈②，目睛闪闪③，注射四筵④。曾有一过江名士与之同寝，元转面向里帷⑤，不与之接。拍其肩曰："汝不知我为名士耶？"元转面曰："名士是何物？值几文钱耶？"相传以为笑。

[注释]

①齿亦不少：年龄较大。

②佻达：行为轻狂。

③目睛闪闪：明眸善睐，眼睛明亮，顾盼有神。南朝宋刘义庆《世说新语·容止》："双眸闪闪若岩下电。"

④注射四筵：吸引了全座人的目光。

⑤里帷：里面的帐幔。

[点评]

所谓名士，也就是块遮羞布，并非横行旧院的通行证。一旦自以为是地当真了，只能是自取其辱。刘元不搭理这位过江名士，必有缘故，估计是其酸腐、自大的做派让她忍无可忍。话再说回来，即便真是什么名士，又能如何？

崔科,后起之秀。目未见前辈典型,然有一种天然韶令之致①。科亦顾影自怜,矜其容色,高其声价,不屑一切。卒为一词林所窘辱②。

[注释]

①韶令:聪慧。
②词林:翰林的别称。或泛指文士。窘辱:困迫凌辱。

[点评]

同样是不屑一切,结果却完全相反。只能说崔科的运气不如刘元,如果刘元遇到这位词林,一样会倒霉,这是她们的角色和地位所决定的。名士不可当真,名妓也同样不可当真。

董年，秦淮绝色，与小宛姊妹行。艳冶之名①，亦相颉颃②。钟山张紫淀作《悼小宛》诗③，中一首云："美人生南国，余见两双成④。春与年同艳⑤，花推月主盟⑥。蛾眉无后辈⑦，蝶梦是前生⑧。寂寂皆黄土⑨，香风付管城⑩。"

[注释]

①艳冶：艳丽妖冶。

②颉颃：不相上下。

③张紫淀：张文峙，原名张可仕，字文寺，更名文峙，字紫淀。原为楚人，定居南京。曾为范景文幕僚。工诗，著有《击磬集》。

④两双城：这里借指董年、董小宛姐妹。双成，董双成，神话中西王母侍女名。

⑤年：指董年。

⑥月：指董白，字小宛。

⑦蛾眉：美人，美女。

⑧蝶梦：典出《庄子·齐物论》："昔者庄周梦为胡蝶，栩栩然胡蝶也。自喻适志与，不知周也。俄然觉，则蘧蘧然周也。不知周之梦为胡蝶与，胡蝶之梦为周与？周与胡蝶则必有分矣。此之谓物化。"

⑨寂寂：孤单，冷落。

⑩管城：管城子，笔的别称。典出唐韩愈《毛颖传》："秦始皇使恬赐之汤沐，而封诸管城，号曰管城子。"

[点评]

除了名妓董年，那位写《悼小宛》诗的张紫淀也颇有事迹可述，这里摘录两段记载：

张可仕，字文寺，更名文峙，字紫淀。楚人，家金陵。能诗。与归安茅元仪善。茅死，有姬杨宛，以才色称。戚畹田弘遇欲得之，以千金寿文寺，求喻意，文寺绝，弗与通。范文贞公礼为上客，公殉国，文寺设位雨花台，为文哭之。崇祯末，集子史成句为四言诗一卷，讽切时事，号《击磬集》。（清王士禛《池北偶谈·张文峙》）

张文峙，字紫淀，家钟山之阳。贯穿经史，辨核掌故，务为根底有用之学，撰《南枢志》一百七十卷，纂《明布衣诗》一百卷。（乾隆《江南通志》）

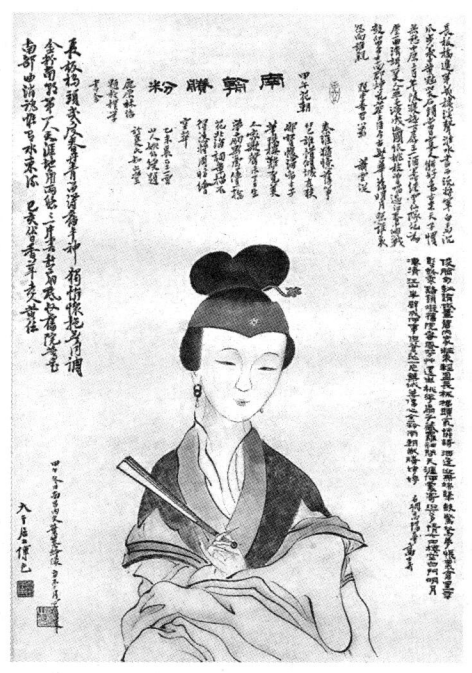

溥儒绘李香君像

李香①,身躯短小,肤理玉色②,慧俊婉转③,调笑无双④,人题之为"香扇坠"。余有诗赠之云:"生小倾城是李香⑤,怀中婀娜袖中藏。何缘十二巫峰女⑥,梦里偏来见楚王⑦。"武塘魏子一为书于粉壁⑧,贵竹杨龙友写崇兰诡石于左偏⑨,时人称为三绝。由是,香之名盛于南曲,四方才士争一识面以为荣。

[注释]

①李香:昵称香君,其居所称媚香楼,在今南京钞库街38号。

②肤理玉色:皮肤像玉一样莹白。

③慧俊婉转:聪颖俊美,缠绵多情。

④调笑:戏谑笑耍。

⑤生小：自小。

⑥十二巫峰：巫山十二峰。在巫山东巫峡两岸。典出战国楚宋玉《高唐赋》，楚怀王游云梦高唐之台，梦与巫山神女欢会。后以"巫山"代指男女幽会，"十二巫峰"代指巫山。

⑦楚王：楚怀王。

⑧魏子一：魏学濂（1608～1644），字子一，号内斋。武塘（今浙江嘉善）人。崇祯十六年（1643）进士，明亡后自尽。善画山水。粉壁：白色的墙壁。

⑨崇兰诡石：丛兰、怪石。

[点评]

从《板桥杂记》所写秦淮诸妓来看，李香虽然也是"名盛于南曲"，名列秦淮八艳，但似乎还不能与妥娘、董小宛等人相提并论。自孔尚任的《桃花扇》面世后，李香一下脱颖而出，成为江南名妓的代表人物，由此家喻户晓。

孔尚任创作《桃花扇》，很多地方参考了《板桥杂记》，其考据共列《板桥杂记》十六条，包括李香、李贞丽的描写。该剧借离合之情写兴亡之感，与余怀以秦淮风月抒亡国之痛的写法有异曲同工之妙。

珠市名妓附见

珠市在内桥旁①，曲巷逶迤②，屋宇湫隘③。然其中时有丽人，惜限于地，不敢与旧院颉颃。以余所见，王月诸姬，并著迷香、神鸡之胜④，又何羡红红、举举之名乎⑤？恐遂湮没无闻，使媚骨芳魂与草木同腐⑥，故附书于卷尾，以备金陵轶史云。

[注释]

①内桥：原名渎桥，又名天津桥。始建于五代时期，为南唐宫城正南的护龙桥，因在南唐宫城内，故名内桥。原址在今南京市中山南路与中华路交会处。

②曲巷逶迤：街巷蜿蜒曲折。

③湫（jiǎo）隘：狭窄低矮。

④迷香、神鸡：高级妓院。典出后唐冯贽《云仙散录·迷香洞》："史凤，宣城妓也。待客以等差。若异者，以迷香洞、神鸡枕、锁莲灯；次则交红被、传香枕、八分羊；下则不相见，以闭门羹待之，使人致语曰：'请公梦中来。'"

⑤红红：唐代名妓，见前注。举举：即郑举举，唐代名妓。通晓音律，擅唱曲。

⑥与草木同腐：形容生前无所作为，死后默默无闻。语出宋苏轼《太息送秦少章》："嗟乎！英伟奇逸之士不容于世俗也久矣。虽然，自今观之，孔北海、盛孝章犹在世，而向之讥评者，与草木同腐久矣。"

[点评]

如果没有作者的如实记录,这些在珠市谋生的丽人真的会与草木同腐,湮没无闻,本书史料价值于此可见。

王月，字微波。母胞生三女：长即月，次节，次满，并有殊色。月尤慧妍①，善自修饰，颀身玉立，皓齿明眸②，异常妖冶③，名动公卿。桐城孙武公昵之④，拥致栖霞山下雪洞中⑤，经月不出。

己卯岁牛女渡河之夕⑥，大集诸姬于方密之侨居水阁⑦。四方贤豪，车骑盈闾巷，梨园子弟，三班骈演⑧，阁外环列舟航如堵墙。品藻花案⑨，设立层台⑩，以坐状元。二十余人中，考微波第一。登台奏乐，进金屈卮⑪。南曲诸姬皆色沮⑫，渐逸去。天明始罢酒。次日，各赋诗纪其事。余诗所云"月中仙子花中王，第一姮娥第一香"者是也。微波绣之于帨巾不去手⑬。

武公益眷恋⑭，欲置为侧室。会有贵阳蔡香君名如蘅⑮，强有力，以三千金啖其父⑯，夺以归。武公悒悒⑰，遂娶葛嫩也。

香君后为安庐兵备道⑱，携月赴任，宠专房。崇祯十五年五月，大盗张献忠破庐州府⑲，知府郑履祥死节⑳，香君被擒。搜其家，得月，留营中，宠压一寨。偶以事忤献忠，断其头，蒸置于盘，以享群贼。嗟乎！等死也㉑，月不及嫩矣。悲夫！

[注释]

①慧妍：聪慧，貌美。

②皓齿明眸：洁白的牙齿、明亮的眼睛。形容容貌美丽。典出三国魏曹植《洛神赋》："丹唇外朗，皓齿内鲜，明眸善睐，靥辅承权。"

③妖冶：艳丽。

④孙武公：孙克咸。见前注。

⑤雪洞：华美洁净的居室。

⑥己卯岁：崇祯十二年（1639）。牛女渡河之夕：农历七月初七晚上，即七夕节。传说这一天牛郎、织女在鹊桥相会。

⑦方密之：方以智（1611~1671），字密之，号曼公。桐城（今安徽桐城）人。崇祯十三年（1640）进士。官至翰林院检讨。为复社主要成员。明亡后坚持抗清，失败后出家为僧。学识渊博，著有《通雅》《物理小识》《药地炮庄》《东西均》等。

⑧骈演：同台演出。

⑨品藻花案：品评确定妓女的名次。

⑩层台：高台。

⑪金屈卮：亦作"金曲卮"，一种酒器。唐孟郊《劝酒》："劝君金曲卮，勿谓朱颜酡。"

⑫色沮：神情沮丧。

⑬帨（shuì）巾：手帕。

⑭眷恋：留恋。

⑮贵阳蔡香君名如蘅：蔡如蘅，字香君。贵阳（今贵州贵阳）人。历官太原知府、安庐兵备道。后与张献忠作战，兵败被杀。

⑯唊：引诱，利诱。

⑰悒悒：郁闷，愁闷。

⑱兵备道：各省重要地方整饬兵备的道员。

⑲庐州府：在今安徽合肥及巢湖地区，治所在合肥。

⑳郑履祥：浮梁（今江西浮梁）人。万历四十四年（1616）进士，历官职方郎中、车驾司主事。擅长书法，著有《印林》。

㉑等死：同样是死。

[**点评**]

关于王月之死,还有不同的版本,如陈鼎《留溪外传》所收《蔡如蘅妾王氏传》是这样描写的:

> 月大恸,求同死。贼曰:"汝非王月耶?"月骂曰:"吾即王月,死贼问我何为?"贼曰:"吾闻汝善讴,汝能讴一曲吾听,当活汝。"月大骂曰:"死贼,汝不忠不义,背天理,叛王法,涂炭生灵,吾恨系女子,不能食汝肉,寝汝皮,宁肯讴汝听耶!"贼怜其姣,不忍杀,适有进茶于贼者,贼令与月饮。月从容接之,直前,连碗掷贼,中贼首。贼大怒,拽出斩之,年十九。

这一描写与余怀所记反差极大。余怀对王月显然是有微词的,认为其死不如葛嫩之壮烈,看来他的结论下得有些仓促了。

王节,有姿色。先归顾不盈,后归王恒之。甘淡泊,怡然自得。虽为姬侍,有荆钗裙布风①。

　　妹满,幼小,好戏弄②,窈窕轻盈,作娇娃之态。保国公买置后房③,与寇白门不合④,复还秦淮。

[注释]

　　①荆钗裙布:贫家妇女简朴的装束。语出汉刘向《列女传》:"梁鸿妻孟光,荆钗布裙。"

　　②戏弄:玩耍。

　　③保国公:朱国弼,为抚宁侯朱谦六世孙。万历四十六年(1618)袭封,南明时进封保国公,后降清。后房:后面的房屋,代指姬妾。

　　④寇白门:寇湄,字白门。作者后文有详细介绍。

[点评]

　　不知经历鼎革之后,两姐妹的结局如何。

叶衍兰编绘《秦淮八艳图咏》之寇湄

寇湄,字白门。钱虞山诗云①:"寇家姊妹总芳菲②,十八年来花信违③。今日秦淮恐相值,防他红泪一沾衣④。"则寇家多佳丽,白门其一也。

白门娟娟静美⑤,跌荡风流⑥。能度曲⑦,善画兰,粗知拈韵吟诗,然滑易不能竟学⑧。十八九时,为保国公购之,贮以金屋⑨,如李掌武之谢秋娘也⑩。

甲申三月,京师陷,保国生降⑪,家口没入奚官⑫。白门以千金予保国赎身,跳匹马,短衣,从一婢南归。归为女侠,筑园亭,结宾客,日与文人骚客相往还。酒酣以往,或歌或哭,亦自叹美人

钱谦益《牧斋初学集》

之迟暮^⑬，嗟红豆之飘零也。既从扬州某孝廉，不得志，复还金陵。

老矣，犹日与诸少年伍。卧病时，召所欢韩生来，绸缪悲泣^⑭，欲留之偶寝^⑮。韩生以他故辞，犹执手不忍别。至夜，闻韩生在婢房笑语，奋身起，唤婢，自棰数十，咄咄骂韩生负心禽兽行^⑯，欲啮其肉。病逾剧，医药罔效，遂以死。虞山《金陵杂题》有云：

丛残红粉念君恩^⑰，女侠谁知寇白门？
黄土盖棺心未死，香丸一缕是芳魂。

[注释]

①钱虞山：钱谦益。

②"寇家姊妹总芳菲"诗：诗题为《丙申春，就医秦淮，寓丁家水阁，浃两月，临行作绝句三十首留别，留题不复论次》，共三十首，该诗为最后一首。

③花信：花的消息。旧时有花信风之说，从小寒到次年谷雨，四个月里有八个节气一百二十天，每五日为一候，共二十四候，每候都有一种应花期而来的风。

④红泪：典出晋王嘉《拾遗记·魏》："文帝所爱美人，姓薛名灵芸，常山人也……灵芸闻别父母，歔欷累日，泪下沾衣。至升车就路之时，以玉唾壶承泪，壶则红色。既发常山，及至京师，壶中泪凝如血。"

⑤娟娟：姿态柔美的样子。

⑥跌荡风流：潇洒飘逸，富有才情。

⑦度曲：唱曲。

⑧滑易：不肯下功夫。

⑨贮以金屋：典出《汉武故事》："帝以乙酉年七月七日旦生于猗兰殿。年四岁，立为胶东王。……数岁，公主抱置膝上，问曰：'儿欲得妇否？'长主指左右长御百余人，皆云不用。指其女：'阿娇好否？'笑对曰：'好，若得阿娇作妇，当作金屋贮之。'"

⑩李掌武：李德裕。谢秋娘：李德裕爱妾。据唐段安节《乐府杂录·望江南》记载，谢秋娘去世后，李德裕创撰词牌《谢秋娘》以表思念，后改为《望江南》。作者《四莲华斋杂录》："唐漳王凑姬人名杜秋娘，李赞皇妾亦名谢秋娘，《望江南》曲为谢秋娘作也。"

⑪生降：投降。

⑫奚官：官署名。掌守宫人疾病、罪罚、丧葬等事，多由犯罪者家属担任。

⑬美人之迟暮：语出战国楚屈原《离骚》："惟草木之零落兮，恐美人之迟暮。"

⑭绸缪：情意缠绵。

⑮偶寝：同眠。

⑯咄咄：愤慨。

⑰丛残：凌乱。

[点评]

本则前三段与作者《校书寇白门湄小影题辞》内容基本相同，系据后者增写而成。《校书寇白门湄小影》为樊圻、吴宏合作，款署："校书寇白门湄小影。钟山圻、金溪宏合作，时辛卯秋杪，寓石城龙潭朱园碧天无际之堂。"题辞署名："三山余澹心书于秦淮水阁。"画作今藏于南京博物院。

轶　事

　　金陵都会之地，南曲靡丽之乡，纨茵浪子①，萧瑟词人②，往来游戏。马如游龙，车相接也。其间风月楼台，尊罍丝管③，以及娈童狎客④，杂技名优⑤，献媚争妍，络绎奔赴。垂杨影外⑥，片玉壶中，秋笛频吹，春莺乍啭，虽宋广平铁石为肠⑦，不能不为梅花作赋也。一声《河满》⑧，人何以堪？归见梨涡⑨，谁能遣此？然而流连忘返，醉饱无时，卿卿虽爱卿卿⑩，一误岂容再误⑪？遂尔丧失平生之守，见斥礼法之士，岂非黑风之飘堕⑫、碧海之迷津乎？余之缀葺斯编⑬，虽以传芳，实为垂戒。王右军云⑭："后之览者，亦将有感于斯文也。"⑮

[**注释**]

　　①纨茵浪子：风流子弟。

　　②萧瑟词人：落寞文人。

　　③尊罍（léi）丝管：酒器、乐器。

　　④娈童：出卖色艺的男子。

　　⑤杂技：泛指从事唱曲演剧的优伶。

　　⑥垂杨影：南宋辛弃疾《小重山·三山与客泛西湖》："十分风月处，

著衰翁。垂杨影断岸西东。"

⑦宋广平：宋璟（663~737），南和（今河北南和）人。因其封爵为广平郡公，故称宋广平。善于文辞，有《梅花赋》等作品传世。

⑧一声《河满》：语出唐张祜《宫词》："一声何满子，双泪落君前。"河满：即何满子，词牌名。

⑨梨涡：酒涡。典出宋罗大经《鹤林玉露》："胡澹庵十年贬海外，北归之日，饮于湘潭胡氏园，题诗云：'君恩许归此一醉，傍有梨颊生微涡。'"

⑩卿卿虽爱卿卿：语出南朝宋刘义庆《世说新语·惑溺》："王安丰妇常卿安丰，安丰曰：'妇人卿婿，于礼为不敬，后勿复尔。'妇曰：'亲卿爱卿，是以卿卿；我不卿卿，谁当卿卿？'遂恒听之。"

⑪一误岂容再误：语出《宋史·魏王廷美传》："太宗尝以传国之意访之赵普。普曰：'太祖已误，陛下岂容再误耶？'"

⑫黑风之飘堕：语出《魏书·元叉传》："元叉本名夜叉，弟罗实名罗刹。夜叉、罗刹，此鬼食人，非遇黑风，事同飘堕。"黑风，狂风。飘堕，飘落。

⑬缀茸：连缀文字。

⑭王右军：王羲之（303~361），字逸少，临沂（今山东临沂）人。因曾任右军将军，故称"王右军"。精于书法，后人称之为"书圣"。

⑮后之览者，亦将有感于斯文也：语出王羲之《兰亭集序》。

[点评]

"虽以传芳，实为垂戒"，传芳自然好理解，垂戒则需要细细琢磨，"丧失平生之守"，这也许是作者想提醒读者注意的。

瓜洲萧伯梁豪华任侠①，倾财结客②，好游狭斜，久住曲中。投辖轰饮③，俾昼作夜④，多拥名姬，簪花击鼓为乐⑤。钱虞山诗所云"天公要断烟花种，醉杀瓜洲萧伯梁"者是也⑥。

[注释]

①豪华：铺张奢侈。

②结客：结交朋友。

③投辖：殷勤待客。典出《汉书·陈遵传》："遵嗜酒，每大饮，宾客满堂，辄关门，取客车辖投井中，虽有急，终不得去。"作者《过半塘访姚仙期值往云间未遇》："怅望季鹰何日返，空将投辖怨陈遵。"辖，插在车轴两端孔内、用来固定车轮与车轴位置的销钉。轰饮：狂饮。

④俾昼作夜：将白昼当作夜晚。语出《诗·大雅·荡》："式号式呼，俾昼作夜。"

⑤簪花：戴花。

⑥天公要断烟花种，醉杀瓜洲萧伯梁：语出钱谦益《金陵杂题》之五。

[点评]

尽管作者在书中两次提到萧伯梁，并将其人写得活灵活现，但对他的生平并没有交代，相关记载也很少。不过从其行事方式来看，大概是位世家子弟，否则也不会有这么多钱财供他挥霍，也不会如此狂放不羁。清人张秉彝在诗作《秦淮泛舟》中曾提及此人，摘录如下：

漫道温柔别有乡，绮罗金粉夕阳黄。

烟花纵使浓如海，可有瓜洲萧伯梁。

嘉兴姚北若用十二楼船于秦淮①，招集四方应试知名之士百余人，每船邀名妓四人侑酒②，梨园一部③，灯火笙歌，为一时之盛事。先是，嘉兴沈雨若费千金定花案④，江南艳称之。

[注释]

①姚北若：姚瀚（1613~1664），或作姚瀚，字北若，一字公涤，嘉兴（今浙江嘉兴）人。《浙江通志》对其有介绍："字公涤，以荫入太学，尝从常熟瞿式耜、江右邓履中、娄东张溥游。崇祯丙子，就试南都，有国门广业之选，一时称为月旦。重纂编年史、《广荆川左编》，集汉至隋为《八代文统》。有书四十簏，部分类聚，惜皆散佚不传。"

②侑（yòu）酒：劝酒。

③梨园：戏班。

④沈雨若：沈春泽，字雨若。常熟（今江苏常熟）人。后移居金陵。能诗善画，工草书。著有《雨若吟稿》《得闲集》等。清徐沁《明画录》云其"善诗文，工于草书。画墨竹，落笔苍秀，多带书法"。

[点评]

姚北若的这一盛举在明亡后一直被一些文人才士津津乐道，成为江南繁盛的一个标志。如朱彝尊《静志居诗话》："北若为尚书善长之孙，英年乐于取友。尽收质库所有私钱，载酒征歌，大会复社同人于秦淮河上，几二千人，聚其文为国门广业。时阮大铖集之填《燕子笺》传奇，盛行于白门，是日勾队无有演此者。"姚北若本人也写有《秦淮即事》诗吟咏此事：

柳岸花溪澹泞天,恣携红袖放灯船。

梨园子弟觇人意,队队停歌燕子笺。

曲中狎客，则有张卯官笛①，张奎官箫，管五官管子②，吴章甫弦索③，钱仲文打十番鼓，丁继之、张燕筑、沈元甫、王公远、朱维章串戏④，柳敬亭说书⑤。或集于二李家⑥，或集于眉楼，每集必费百金，此亦销金之窟也⑦。

[注释]

①张卯：与后文所列张奎等十一人皆为明末南京艺人，经常出入青楼间。其中丁继之、张燕筑、朱维章三人齐名并皆长寿，时人称其为"三老"。明末清初钱谦益写有诗作《题金陵三老图》："三老衣冠彼一时，画图省识起遐思。青鞋布袜唐贤像，修竹清流晋代诗。凤去梧桐还有树，乌啼杨柳已无枝。秦淮烟月经游处，华表归来白鹤知。"

②管子：觱篥，一种簧管乐器，形似喇叭，以芦苇做嘴，以竹做管，声音悲凄，俗称管子。

③吴章甫：此人待考。明末清初邢昉有《重经吴章甫宅》《哭吴章甫》诗，不知所咏是此人否。弦索：弦乐器上的弦。泛指弦乐器。

④串戏：客串演戏。

⑤说书：说评话，表演评话。

⑥二李：李十娘、李大娘。

⑦销金之窟：典出宋周密《武林旧事·西湖游幸》："西湖天下景，朝昏晴雨，四序总宜。杭人亦无时而不游……日糜金钱，靡有纪极，故杭谚有'销金锅儿'之号。"元徐再思《中吕·朝天子·西湖》："宜酒宜诗，宜晴宜雨。销金锅，锦绣窟。"

[点评]

文中所提十一人皆多才多艺,对他们高超的技艺,时人在其诗文中有一些描绘,如张燕筑,顾景星有诗《无锡舟中大风雨听张燕筑歌》:"白发黄冠老布衣,扁舟一曲泪如丝。坐中尽是江南客,莫唱秋娘旧日词。"此时张燕筑已是一位八十三岁的老人。

同样,丁继之八十岁仍能登台演出,顾景星有诗《合肥公邀同钱牧斋看丁继之演〈水浒〉赤发鬼,丁年已八十,即席次牧斋丁六十诗韵》专记此事。另据李良年《丁老行》云:"是时法曲选梨园,丁老排场推第一。……典衣买醉君莫笑,丁老明年八十七。"

张卯尤滑稽婉腻①，善伺美人喜怒②。一日，偶触李大娘③，大娘手碎其头上鬃帽④，掷之于地。卯徐徐拾起，笑而戴之以去。

[注释]

①婉腻：温婉细腻。

②伺：观察，了解。

③触：激怒，惹恼。

④鬃帽：毡帽。

[点评]

做帮闲也不容易，和妓女一样，同是卖笑为生，自然也要受气。

张魁，字修我，吴郡人。少美姿首，与徐公子有断袖之好①。公子官南都府佐②，魁来访之，阍者拒③。口出亵语，且诟厉④。公子闻而扑之⑤，然卒留之署中，欢好无间，以此移家桃叶渡口，与旧院为邻。

诸名妓家往来习熟，笼中鹦鹉见之，叫曰："张魁官来！阿弥陀佛！"魁善吹箫、度曲，打马投壶⑥，往往胜其曹耦⑦。每晨朝即到楼馆，插瓶花，爇炉香，洗芥片⑧，拂拭琴几，位置衣桁⑨，不令主人知也。以此仆婢皆感之，猫狗亦不厌焉。

后魁面生白点风⑩，眉楼客戏榜于门曰："革出花面蔑片一名⑪，张魁不许复入。"魁惭恨，遍求奇方洒削⑫，得芙蓉露，治除良已⑬。整衣帽，复至眉楼，曰："花面定何如⑭！"

乱后还吴，吴中新进少年搔头弄姿，持箫擫管，以柔曼悦人者⑮，见魁则揶揄之，肆为诋諆⑯，以此重穷困。龚宗伯奉使粤东⑰，怜而赈之⑱，厚予之金，使往山中贩芥茶，得息又厚，家稍稍丰矣。

然魁性僻，尝自言曰："我大贱相，茶非惠泉水不可沾唇⑲，饭非四糙冬春米不可入口⑳，夜非孙春阳家通宵椽烛不可开眼。"㉑钱财到手辄尽，坐此不名一钱㉒，时人共非笑之，弗顾也。年过六十，以贩茶、卖芙蓉露为业。

庚寅、辛卯之际㉓，余游吴，寓周氏水阁。魁犹清晨来插瓶花、爇炉香、洗芥片、拂拭琴几、位置衣桁，如曩时。酒酣烛跋时㉔，说青溪旧事，不觉流涕。

丁酉再过金陵㉕，歌台舞榭，化为瓦砾之场。犹于破板桥边，一吹洞箫。矮屋中一老妪启户出曰:"此张魁官箫声也。"为呜咽久之。又数年,卒以穷死。

[注释]

①徐公子:徐申(1548~1614),字缵岳,号文江,长洲(江苏苏州)人。万历五年(1577)进士,历官应天府尹、南京通政使。断袖之好:同性恋。

②南都府佐:应天府丞。

③阍(hūn)者:守门的人。

④诟厉:辱骂,谩骂。

⑤扑:击,打。

⑥打马:一种棋类游戏。投壶:一种饮酒时的娱乐活动,大家依次用矢投向盛酒的壶口,以投中多少决胜负,负者饮酒。

⑦曹耦:同伙,同辈。

⑧岕(jiè)片:岕茶,产于浙江长兴境内罗岕山,故名。

⑨位置衣桁:整理衣架。

⑩白点风:白癜风,一种皮肤病。

⑪花面:戏曲角色,净的俗称。蔑片:清客,门客。

⑫洒削:去除。

⑬治除良已:治好,痊愈。

⑭定何如:到底怎么样,究竟如何。南朝宋刘义庆《世说新语·品藻》:"抚军问殷浩:'卿定何如裴逸民?'"

⑮柔曼:姿容柔媚。

⑯诋諆:诽谤污蔑。

⑰龚宗伯:龚鼎孳。

⑱赈：救助。

⑲惠泉：在惠山即今江苏无锡西郊，又称天下第二泉。

⑳四糙冬春米：冬天里春过四遍的米。冬春米，寒冬腊月所春的米。宋范成大《腊月村田乐府》："腊日春米为一岁计，多聚杵臼，尽腊中毕事，藏之土瓦仓中，经年不坏，谓之冬春米。"

㉑孙春阳：明末苏州商人。清梁章钜《浪迹续谈》："孙春阳系前明人，祖居宁波。万历中应童子试不售，遂弃举子业，为贸迁之术。始来吴门，开一小铺，在今吴趋坊北口。……铺中形制，学州县衙署，分为六房：曰南货房，曰北货房，曰海货房，曰腌腊房，曰蜜饯房，曰蜡烛房。……自明至今，已二百四十余年，子孙尚食其利，无他姓顶代者。吴门五方杂处，为东南一大都会，群货萃集，何啻数万户，而惟孙春阳铺为前明旧家，著闻海内。铺中之物，岁入贡单。其店规之严、选制之精，合郡所未有也。"橡烛：如橡之烛，即大蜡烛。宋苏轼《武昌西山》："岂知白首同夜直，卧看橡烛高花摧。"

㉒坐此：由此，因此。

㉓庚寅：顺治七年（1650）。辛卯：顺治八年（1651）。

㉔烛跋：蜡烛燃尽。

㉕丁酉：顺治十四年（1657）。

[点评]

龚鼎孳写有《书张修我扇》，顾景星写有《赠张修我，次于皇韵》，冒辟疆在其《己巳唱和：和书云先生〈己巳夏寓桃叶渡口即事感怀〉原韵》诗序中亦云："吴门张魁儿善箫，非张箫不度曲也。"可见这位张魁与当时的文人有颇多交往。

岁丙子①,金沙张公亮②、吕霖生③、盐官陈则梁④、漳浦刘渔仲⑤、雉皋冒辟疆盟于眉楼。则梁作盟文甚奇,末云:"牲盟不如臂盟⑥,臂盟不如神盟⑦"。

[注释]

①丙子:崇祯九年(1636)。

②金沙:金坛的别称。张公亮:张明弼(1584~1653),字公亮,号琴牧子,金坛(今江苏金坛)人。崇祯十年(1637)进士,历官广东揭阳知县、杭州推官。为复社重要成员。诗文名重一时,著有《兔角诠》《萤芝集》等。

③吕霖生:吕兆龙,字霖生,金坛(今江苏金坛)人。崇祯十三年(1640)进士,官至内阁中书。为复社成员。

④盐官:今浙江海盐盐官镇。陈则梁(?~1658):原名昌应,字梦张,后改字则梁,号浣公、梁父,海盐(今浙江海盐)人。为复社成员。明亡后为僧。工诗善书,著有《苋园集》《个亭集》等。作者《武原三君咏·陈则梁》诗曰:"征君挟奇癖,勃窣入理窟。抗古凛风霜,领异拾海月。"

⑤刘渔仲:刘履丁,字渔仲。漳浦(今福建漳浦)人。曾任郁林州知州。工书善画,喜篆刻。清屈大均《明四朝成仁录》云其为"大学士黄道周高弟,聪明绝人,字画篆刻,皆极其妙"。

⑥牲盟:歃血为盟。臂盟:割臂盟,典出《左传·庄公三十二年》,春秋时,鲁庄公爱大夫党氏的女儿孟任,答应娶她为夫人。孟任于是"割臂盟公"。

⑦神盟:不拘形式,在精神上结盟。

[点评]

　　这位陈则梁文风甚奇,据沈季友《槜李诗系》介绍,陈则梁"自题其墓曰:生无愧怍,去无牵缠。其联云:与尔同龛枕米汁,至今孤冢有梅花"。

中山公子徐青君①，魏国介弟也②。家资巨万③，性华侈④，自奉甚丰⑤，广蓄姬妾。造园大功坊侧⑥，树石亭台，拟于平泉、金谷⑦。每当夏月，置宴河房，日选名妓四五人，邀宾侑酒。木瓜、佛手，堆积如山；茉莉、珠兰⑧，芳香似雪。夜以继日，把酒酣歌，纶巾鹤氅，真神仙中人也。弘光朝加中府都督⑨，前驱班剑⑩，呵导入朝⑪，愈荣显矣。

乙酉鼎革⑫，籍没田产⑬，遂无立锥，群姬雨散。一身孑然，与佣、丐为伍，乃为人代杖⑭。其居第易为兵道衙门⑮。

一日，与当刑人约定杖数，计偿若干。受刑时，其数过倍，青君大呼曰："我徐青君也。"兵宪林公骇⑯，问左右，左右有哀王孙者，跪而对曰："此魏国公公子徐青君也，穷苦为人代杖。此堂乃其家厅，不觉伤心呼号耳。"林公怜而释之，慰藉甚至⑰，且曰："君倘有非钦产可清还者⑱，本道当为查给，以终余生。"青君顿首谢曰："花园是某自造，非钦产也。"林公唯唯⑲，厚赠遣之，查还其园，卖花石、货柱础以自活⑳。吾观《南史》所记，东昏宫妃卖蜡烛为业㉑。杜少陵诗云㉒："问之不肯道名姓，但道困苦乞为奴。"㉓呜呼！岂虚也哉！岂虚也哉！

[**注释**]

①中山公子：徐青君为明中山王徐达的后代，故有此称。徐青君：徐天爵，字青君。

②魏国：魏国公徐文爵，为魏国公徐达第十一世孙。

③巨万：数量极多。

④华侈：豪华奢侈。

⑤自奉：日常生活的享用。

⑥大功坊：朱元璋因徐达功勋卓著，命人在其府第两侧各建功坊，以示表彰，此坊故称大功坊。地址在今南京瞻园路。明周晖《续金陵琐事》："高帝以魏国公达勋业非常，于居第左右，特各建一坊，榜曰大功，以旌异之。"

⑦平泉：平泉庄，唐李德裕的别墅，据唐康骈《剧谈录·李相国宅》："平泉庄去洛阳三十里，卉木台榭，若造仙府。"金谷：金谷园，晋石崇于金谷涧中所筑的园馆，在其《金谷诗序》中有详细描写。

⑧珠兰：一种茶的名字。

⑨中府都督：中军都督府都督。明时设中、左、右、前、后五军都督府，每府皆设左、右都督。

⑩班剑：有纹饰的剑，用作仪仗，由武士佩持。

⑪呵导：呵道。古时官员外出，引路差役喝令行人让路。

⑫乙酉：顺治二年（1645）。

⑬籍没：没收。

⑭代杖：为获取报酬代犯人受杖责。

⑮兵道：兵备道，明时于各省重要地方设置整饬兵备道员，清代延续此制。

⑯兵宪：对总兵、总督、巡抚一类官员的泛称。林公：林天擎，字玉础，辽东盖州卫（今辽宁盖县）人。顺治四年（1647）任江宁知府，后任湖广巡抚、云南巡抚等。

⑰慰藉：安慰，抚慰。

⑱钦产：钦赐的财产。

⑲唯唯：答应。

⑳柱础：承柱的础石。

㉑东昏：南朝齐皇帝萧宝卷（483~501）。在位期间荒淫残暴。后被萧衍所杀。和帝立，追废其为东昏侯。

㉒杜少陵：杜甫。

㉓问之不肯道名姓，但道困苦乞为奴：语出唐杜甫《哀王孙》诗。

[点评]

从徐达到徐青君，从显赫的王爷到败家的子弟，从建功立业到代人受刑，从建造王爷府到拆卖建筑材料为生，徐氏家族从兴盛到衰败的命运正是大明王朝的一个缩影。假如徐达在天有灵，看到自己的后代如此潦倒、猥琐，他会后悔当初的选择吗？

这位中山公子的戏剧性人生无疑是文学创作的好素材，孔尚任将其写进了《桃花扇》，让他在全剧最后一出以皂隶的身份上场，为全剧也为一个王朝拉上了帷幕。且看其开场白：

朝陪天子辇，暮把县官门。皂隶原无种，通侯岂有根？自家魏国公嫡亲公子徐青君的便是，生来富贵，享尽繁华。不料国破家亡，剩了区区一口，没奈何在上元县当了一名皂隶，将就度日。今奉本官签票，访拿山林隐逸，只得下乡走走。

同人社集松风阁①,雪衣、眉生皆在②。饮罢,联骑入城③。红妆翠袖,跃马扬鞭,观者塞途。太平景象,恍然心目④。

[注释]

①同人:同仁。社集:结社雅集。松风阁:在南京雨花台,为当时文人雅集之所。清金鳌《金陵待征录》:"在高座寺,白云之居也。"作者《戊申看花诗》其五十二:"曳杖携琴负酒尊,夕阳山色早平分。松风梦到陶弘景,岭上赠君多白云。"注:"松风阁。"

②雪衣:李十娘,字雪衣。眉生:顾媚,字眉生。

③联骑:连骑,并乘。

④恍然心目:仿佛还在眼前。

[点评]

"红妆翠袖,跃马扬鞭",寥寥八字,写尽作者心目中的太平景象。

丁继之扮张驴儿娘①，张燕筑扮宾头卢②，朱维章扮武大郎③，皆妙绝一世。丁、张二老并寿九十余。钱虞山《题三老图》诗末句云："秦淮烟月经游处，华表归来白鹤知④。"不胜黄公酒垆之叹⑤。

[注释]

①丁继之：丁胤。张驴儿娘：明叶宪祖传奇《金锁记》中角色，为丑角。

②宾头卢：宾头卢·颇罗堕誓尊者，十八罗汉中的第一位。这里指明屠隆传奇《昙花记》中的角色。

③武大郎：本为小说《水浒传》中的人物形象，系行者武松的兄长。这里指明沈璟传奇《义侠记》中的角色，为丑角。

④华表归来白鹤知：典出晋陶潜《搜神后记》："丁令威，本辽东人，学道于灵虚山。后化鹤归辽，集城门华表柱。时有少年，举弓欲射之。鹤乃飞，徘徊空中而言曰：'有鸟有鸟丁令威，去家千年今始归。城郭如故人民非，何不学仙冢累累。'遂高上冲天。"

⑤黄公酒垆之叹：典出南朝宋刘义庆《世说新语·伤逝》："王濬冲为尚书令，著公服，乘轺车，经黄公酒垆下过，顾谓后车客：'吾昔与嵇叔夜、阮嗣宗共酣于此垆。竹林之游，亦预其末。自嵇生夭、阮公亡以来，便为时所羁绁。今日视此虽近，邈若山河。'"后世常以"黄公酒垆"代指朋友聚饮之所，抒发物是人非之叹。

[点评]

钱谦益在其诗作《甲午仲冬六日，吴门舟中饮罢放歌，为朱生维章六十称寿》中这样描绘朱维章："生来长不满六尺，胸中老气横九州。"宋征舆《朱维章》诗亦有小注："其人侏儒，故以七尺况之。"可见朱维章身材相当矮小，这似乎是个生理缺陷，但对他扮演武大郎来说，又是一个绝佳的优势。因为在《义侠记·游街》这出戏中，扮演武大郎的演员要表演具有很高难度的矮子步，又称蜘蛛形，即演员必须蹲下身体，下身系一宽裙，双腿缩在里面，做虎跳、飞脚等一系列动作。朱维章身材矮小，正符合武大郎的特点，由他表演矮子步，自然是得心应手。

朱维章扮武大郎"妙绝一世"，丁继之扮张驴儿娘同样也是绝技。在《金锁记·羊肚》这出戏中，扮演张驴儿娘的演员在中毒倒地后，要模仿毒蛇动作来表现中毒后的抽搐和痛苦，具有相当的难度，没有深厚的功力是表演不好的。

无锡邹公履游平康①,头戴红纱巾,身着纸衣②,齿高跟屐③,佯狂沉湎④,挥斥千黄金不顾。初场毕⑤,击大司马门鼓⑥,送试卷。大合乐于妓家⑦,高声自诵其文,妓皆称快。或时阑入梨园,氍毹上为参军鹘也⑧。

[注释]

①邹公履:邹德基,字公履,人称邹二痴。系邹迪光之子。工诗文书画,喜造园。与汤显祖、张大复等人有交往。

②纸衣:纸做的衣服。

③齿高跟屐:穿着高跟的木屐。

④佯狂沉湎:疯疯癫癫,沉迷其中。

⑤初场:科考的第一场考试。

⑥大司马门:在今南京市鱼市街附近。

⑦合乐:各种乐器合奏。

⑧氍毹(qú shū):毛织的地毯,旧时演戏多铺在地上。这里借指舞台。参军鹘:参军、苍鹘,唐宋时参军戏的两个角色。唐李商隐《骄儿诗》:"忽复学参军,按声唤苍鹘。"这里泛指戏曲角色。

[点评]

这位爱穿奇装异服、狂放不羁的邹公履还是很有才气的,看看钱泳《履园丛话》如下一段记载就可知道:"邹公履,名德基,工于书法,出入平原、北海之间。而性情孤峭,如醉如痴,至今吾邑中人尚称邹二痴,为名笔也。其父迪光,中万历甲戌进士,为湖广提学副使。积资巨万,俱为公履造园。园有炼石阁,公履所居也。"可惜他的命不好,忽然在一天夜里莫名其妙地被盗贼杀死,案子一直没破。

柳敬亭,泰州人。本姓曹,避仇流落江湖,休于树下①,乃姓柳。善说书,游于金陵,吴桥范司马②、桐城何相国引为上客③。常往来南曲,与张燕筑、沈公宪俱④。张、沈以歌曲,敬亭以谈辞,酒酣以往,击节悲吟,倾靡四座⑤,盖优孟⑥、东方曼倩之流也⑦。后入左宁南幕府⑧,出入兵间。宁南亡败,又游松江马提督军中⑨,郁郁不得志。年已八十余矣,间过余侨寓宜睡轩中⑩,犹说《秦叔宝见姑娘》也⑪。

[注释]

①休于树下:语当出于汉司马迁《史记·秦始皇本纪》:"风雨暴至,休于树下。"

②吴桥范司马:范景文。

③桐城何相国:何如宠(1569~1641),字康侯,桐城(今安徽桐城)人。万历二十六年(1598)进士,历任国子监祭酒、礼部右侍郎、礼部尚书、武英殿大学士。

④沈公宪:明末精通唱曲的清客,生平不详。清吴伟业《柳敬亭传》曾提及此人:"属与吴人张燕筑、沈公宪俱。张、沈以歌,生以谈。"

⑤倾靡:倾倒。

⑥优孟:春秋时期楚国名优。常谈笑讽喻,曾谏止楚庄王以大夫礼葬马。善模仿,曾着楚相孙叔敖衣冠,楚王不能辨。

⑦东方曼倩:东方朔(前154~前93),字曼倩,厌次(今山东惠民东)人。武帝时为太中大夫。性格诙谐滑稽,善辞赋,著有《答客难》等。

⑧左宁南:左良玉(1599~1645),字昆山,临清(今山东临清)人。历官辽东车右营都司、援剿总兵官、太子太保。崇祯十七年

（1644），封宁南伯。南明时被封宁南侯，从武昌起兵讨伐马士英，至九江病死。

⑨松江马提督：马逢知（1609～1660），本名进宝，字唯善，隰州（今山西隰县）人。明时任安庆副将、都督同知。后降清，任金华总兵、苏松常镇提督。

⑩宜睡轩：余怀晚年寓居之所，明末清初姜垓有《宜睡轩》诗，明末清初吴绮亦有诗作《人日澹心招集宜睡轩次韵》。

⑪《秦叔宝见姑娘》：当为评话《隋唐演义》中的故事。

[点评]

在明末清初的民间艺人中，文人们提及最多的当数柳敬亭，这不仅仅是因其技艺高超，语惊四座，更为重要的是，他曾与许多重要的历史人物有过交往，亲身经历了朝代更迭的沧桑巨变，成为一代兴亡的见证人。这自然是抒发易代之叹、离合之情的绝佳题材。这里选录三首当时文人题赠柳敬亭的诗作，以见其一斑：

赠柳生

毛奇龄

扶病来看柳敬亭，秋花开满石榴屏。
江南多少前朝事，说与人间不忍听。

赠柳敬亭

冒　襄

忆昔孤军鄂渚秋，武昌城外战云愁。

如今衰白谁相问，独对西风哭故侯。

赠柳生

钱　曾

锦缆牙樯镇上流，千年江水漫悠悠。
凭君休话宁南事，废塔残山极目愁。

莱阳姜如须游于李十娘家①，渔于色②，昵不出户。方密之③、孙克咸并能屏风上行④，漏下三刻⑤，星河皎然，连袂间行⑥，经过赵、李，垂帘闭户，夜人定矣⑦。两君一跃登屋，直至卧房，排闼拍张⑧，势如盗贼。如须下床跪称："大王乞命！毋伤十娘！"两君掷刀大笑曰："三郎郎当！三郎郎当！"⑨复呼酒极饮⑩，尽醉而散。盖如须行三，郎当者，畏辞也⑪。

如须高才旷代，偶效樊川⑫，略同谢傅⑬，秋风团扇⑭，寄兴扫眉⑮，非沉溺烟花之比。聊记一条，以存流风余韵云尔。

[注释]

①姜如须：姜垓（1614～1653），字如须，号赟笤、伫石山人，莱阳（今山东莱阳）人。崇祯十三年（1640）进士。官行人。明亡后，隐居不仕。著有《赟笤集》。作者与其交往颇多，有诗作《吴门逢姜如须有赠》《吴郡五君咏·姜吏部如须》《姜考功》等。姜如须临终前托付作者为其选定遗稿。

②渔于色：获得美色。

③方密之：方以智。

④孙克咸：孙临。屏风上行：典出唐李繁《邺侯外传》："李泌，字长源，赵郡中山人也。……当其为儿童时，身轻能于屏风上立，薰笼上行。"

⑤漏下三刻：夜深时分。漏，古代的计时器。三刻，古代分一昼夜为百刻，三刻约相当于现在的四十三分钟。

⑥连袂间行：一起悄悄行进。

⑦夜人定矣：语出东汉马第伯《封禅仪记》："比至天门下阶，夜人定矣。"人定，夜深人静。

⑧排闼拍张：使劲拍门、推门。

⑨三郎郎当：语出唐郑綮《开天传信记》："明皇自蜀还，以驼马载珍玩自随。明皇闻驼马所带铃声，谓黄幡绰曰：'铃声颇似人言语。'幡绰对曰：'似言三郎郎当，郎当三郎。'明皇笑且愧之。"三郎，唐玄宗小名。郎当，潦倒，狼狈。

⑩极饮：痛饮，畅饮。

⑪畏辞：提醒、警示人的言辞。

⑫樊川：指杜牧。因其曾居长安城南樊川别墅，故有杜樊川之称。

⑬谢傅：谢太傅，即谢安。谢安死后赠太傅，故有此称。

⑭秋风团扇：又作秋风纨扇。秋风起，扇子弃置不用。比喻女子色衰失宠。典出班婕妤《怨歌行》。班婕妤为汉成帝妃子，后失宠，作《怨歌行》："新裂齐纨素，皎洁如霜雪。裁为合欢扇，团团似明月。出入君怀袖，动摇微风发。常恐秋节至，凉飙夺炎热。弃捐箧笥中，恩情中道绝。"

⑮扫眉：扫眉才子，有才华的女子。典出唐王建《寄蜀中薛涛校书》："扫眉才子知多少，管领春风总不如。"

[点评]

姜垓在为余怀《枫江酒船诗》所写叙中说："崇祯初，仆客蒋陵，与余子澹心同为布衣交。时方闻之士，咸来京邑，而刘伯宗、吴次尾、孙克咸、钱仲驭、吴鉴在、方尔止及密之兄弟辈，居游尤笃。今十年间，诸子多墓木拱矣。"由此可以了解这段轶事的背景。

这段轶事还被吴梅写成戏曲《暖香楼》（后改名为《湘真阁》），目的在"非独寄艳情，亦且状故国丧乱之态"。该剧写于晚清，作者借晚明文人轶事抒发胸中的感慨。

陈则梁，人奇文奇，举体皆奇①。尝致书眉楼，劝其早脱风尘，速寻道伴②，言词激切。眉生遂择主而事，诚以惊弓之鸟③，遽为透网之鳞也④。扫眉才子，慧业文人⑤，时节因缘，不得不为延津之合矣⑥。

[注释]

①举体：全身，整个人。

②道伴：伴侣，旅伴。

③惊弓之鸟：受到惊吓、惶恐不安的人。

④透网之鳞：漏网之鱼。

⑤慧业文人：有文学天赋、与文字结缘的人。典出《宋书·谢灵运传》："太守孟顗事佛精恳，而为灵运所轻，尝谓顗曰：'得道应须慧业文人，生天当在灵运前，成佛必在灵运后。'顗深恨此言。"

⑥延津之合：又称延津剑合，因缘会合。典出《晋书·张华传》："丰城令雷焕得龙泉、太阿两剑，以其一与张华。后张华被诛，剑失所在。雷焕死，其子持剑行经延平津，剑忽跃出堕水。使人入水取之，但见两龙蟠萦，波浪惊沸。"作者《到平原下陈历史署斋》诗："尊开文举风生座，剑合延津月满河。"

[点评]

陈则梁在给冒襄的信中也提到这件事："眉兄今日画扇有一字，我力劝彼出风尘，寻道伴，为结果计。辟疆想见，亦以此语劝之。邀眉可解彼怒，当面禁其此后弗出，以消彼招致之心，何如？"

作者说陈则梁"人奇文奇，举体皆奇"，从同时期其他人的记载来看，也确实如此，如朱彝尊《经义考》云其"厌薄时文，留心稽古，又精书法。其易说数种，以阐其祖东洭所未备，晚遁迹于酒。预为茧室，覆之以屋，比于亡国之社，自题其柱曰：此佛自来耽米汁，至今孤冢有梅花。亦好奇之士也"。在其《静志居诗话》中又云其"好读异书，索异解。……诗文词必己出，宁晦不庸。晚岁隐居，僧服茹荤"。从其劝顾媚"早脱风尘"这件事来看，可谓奇而有致，奇而不怪。

十七八女郎歌"杨柳岸，晓风残月"①，若在曲中，则处处有之，时时有之。予作《忆江南》词有云："江南好景本无多，只在晓风残月下。"思之只益伤神，见之不堪回首矣。

[注释]

①杨柳岸，晓风残月：语出宋柳永词《雨霖铃》。宋俞文豹《吹剑录》："东坡在玉堂日，有幕士善歌，因问：'我词何如柳七？'对曰：'柳郎中词，只合十七八女郎执红牙板，歌杨柳岸，晓风残月；学士词，须关西大汉铜琵琶，铁绰板，唱大江东去。'"

[点评]

此乃痛定思痛之言。沈桐庄《书板桥杂记后》云："春从柳永词中老，秋入兰成赋里哀。"可与这段文字对读。

沈公宪以串戏见长,同时推为第一。王式之中翰、王恒之水部,异曲同工。游戏三昧①,江总持②、柳耆卿依稀再见③,非如吕敬迁、李仙鹤也④。

[注释]

①游戏三昧:佛教语,意为自在无碍,不失定意,指达到超脱自在的境界。

②江总持:江总(519~594),字总持,考城(今河南民权东北)人。梁时,官至太常卿。入陈,官至尚书令,不理政务,日与陈后主游宴宫中,时人称其为"狎客"。

③柳耆卿:柳永(约987~约1053),原名三变,字景庄。后改名永,字耆卿。崇安(今福建武夷山市)人。官至屯田员外郎、余杭令。喜出入烟花柳巷,混迹于歌伎乐工间。北宋著名词人,著有《乐章集》。

④吕敬迁、李仙鹤:唐代艺人。据唐段安节《乐府杂录》记载:"开元中,有李仙鹤善此戏,明皇特授韶州同正参军,以食其禄。……咸通以来,即有范传康、上官唐卿、吕敬迁三人,弄假妇人。"

[点评]

这位技艺高超的沈公宪史书无载,多亏余怀让后人知道了这个名字,孔尚任将其写进了《桃花扇》,可惜是个龙套角色,同样是个模糊的背影。

乐户有妻有妾，防闲最严①，谨守贞洁，不与人客交言。人客欲强见之，一揖之外，翻身入帘也。

乱后，有旧院大街顾三之妻李三娘者，流落江湖，遂为名妓。忽为非类所持②，暴系吴郡狱中③。余与刘海门、梦锡兄弟及姚翼侯④、张鞠存极力拯之⑤，致书司李李蠼庵⑥，仅而得免。然亦如严幼芳⑦、刘婆惜⑧，备受棰楚决杖矣⑨。

三娘长身玉色，倭堕如云⑩，量洪善饮，饮至百觥不醉。时辛丑中秋之际⑪，庭桂盛开，置酒高会，黄兰岩⑫、方邵村及玉峰女士冯静容偕来⑬。居停主人金叔侃⑭，尽倾家酿，分曹角胜⑮，轰饮如雷，如项羽、章邯巨鹿之战，诸侯皆作壁上观⑯。饮至天明，诸君皆大吐，静容亦吐，髻鬟委地⑰，或横卧地上，衣履狼藉。惟三娘醒，然犹不眠，倚桂树也。兰岩贾其余勇，尚与翼侯喝拳，各尽三四大斗而别。

嗟乎！俯仰岁月之间，诸君皆埋骨青山，美人亦栖身黄土。河山邈矣，能不悲哉！

[注释]

①防闲：防范，防备。

②非类：行为不端的人。

③暴：忽然。

④刘海门、梦锡兄弟：刘海门生平事迹待考。据明末清初龚鼎孳《刘海门同卿观察通密》诗、明末清初赵吉士《大酺·己未重三，偕曹秋岳司农、杨靖调银台、刘海门同卿……》词可知，这位刘海门曾做过太

仆卿。同卿为太仆卿别称，掌管舆马、畜牧等事。另清程廷祚有书信《与刘海门》，明末清初曾灿有《留别刘海门世伯》诗。刘梦锡，刘余瑆，字梦锡，号鹤山。怀宁（今安徽怀宁）人。曾任诸暨知县。清李渔有诗作《送刘梦锡使君宰诸暨》、书信《与诸暨明府刘梦锡》，曾灿有诗作《送世叔刘梦锡之任诸暨》。姚翼侯：姚文燕（1630~1675），字翼侯，号小山。桐城（今安徽桐城）人。顺治十八年（1661）进士。历官江西德安知县、主事。著有《春草园诗文集》。

⑤张鞠存：张新标，字鞠存。山阳（今江苏淮安）人。顺治六年（1649）进士，官户部主事。

⑥司李：司理，推官的别称。李蠖庵：李壮（1623~1658），字蠖庵。济宁（山东济宁）人。顺治十五年（1658）进士。历任苏州府推官、京山县知县。作者有诗作《送童华伯司李惠州》。

⑦严幼芳：严蕊，字幼芳。天台（今浙江天台）营妓。善弈棋、歌舞、丝竹、书画，能作诗词。浙东提举朱熹出于私怨，诬陷唐仲友，谓其与严蕊有染，系蕊于狱。严蕊一再受刑，又被移至绍兴狱中，前后两月，委顿几死，终不肯招承。后朱熹改官，岳霖继任，判令严蕊从良。作者《余子说史》亦载此事。

⑧刘婆惜：元代歌妓。通文墨，善歌舞。一日偕其所好宵遁，被发现后，处以杖刑。

⑨棰楚：鞭杖之刑。决杖：杖刑。

⑩倭堕：倭堕髻，女子的一种发式。《乐府诗集·相和歌辞三·陌上桑》："头上倭堕髻，耳中明月珠。"

⑪辛丑：顺治十八年（1661）。

⑫黄兰岩：黄宣泰，字兰岩，山阳（今江苏淮安）人。顺治六年

(1649)进士,官大理寺评事。

⑬方邵村:方亨咸(1620~1681),字吉偶,号邵村。桐城(今安徽桐城)人。顺治四年(1647)进士,历任丽水、获鹿县令和陕西道监察御史。善书法,精于山水、花鸟。玉峰:玉峰山,在今江苏昆山西北。冯静容:冯湘,字静容,昆山(今江苏昆山)人。明末名妓,善歌舞、演剧,工兰竹。后为海盗所杀。尤侗有诗作《同诸子宴珍示堂中,观静容演西子、红娘杂剧,再叠前韵》。

⑭居停主人:寄居之所的主人。这里当指做东的人。金叔侃:此人待考。明末清初方孝标有诗《金叔侃招饮桂花下,依韵和澹心》。

⑮分曹角胜:分对较量。

⑯项羽、章邯巨鹿之战,诸侯皆作壁上观:典出汉司马迁《史记·项羽本纪》:"诸侯军救巨鹿,下者十余壁,莫敢纵兵。及楚击秦,诸将皆从壁上观。"

⑰鬒鬟:秀发。

[点评]

"诸君皆埋骨青山,美人亦栖身黄土。"一部《板桥杂记》也是一部秦淮录鬼簿。

吴兴太守吴园次《吊董少君诗序》有云①："当时才子，竞着黄衫②；命世清流③，为牵红线④。玉台重下，温郎信是可人⑤；金屋偕归，汧国遂成佳妇⑥。"是时，钱虞山作于节度⑦，刘渔仲为古押衙⑧，故云云尔。辟疆老矣，一觉扬州，岂其梦耶⑨！

[注释]

①吴园次：吴绮，字园次。董少君：董小宛。少君，对别人妻子的尊称。

②黄衫：隋唐时期少年所穿黄色的华贵服装，这里泛指华丽的服装。

③命世清流：当世文人。

④牵红线：典出五代王仁裕《开元天宝遗事·牵红丝娶妇》：唐宰相张嘉贞欲纳才子郭元振为婿，令五女各持一红丝线于幔后，让郭元振任选其一牵之，得者为婿。郭元振牵得第三女。

⑤玉台重下，温郎信是可人：南朝宋刘义庆《世说新语·假谲》："温公丧妇。从姑刘氏，家值乱离散，唯有一女，甚有姿慧。姑以属公觅婚，公密有自婚意，答云：'佳婿难得，但如峤比，云何？'姑云：'丧败之余，乞粗存活，便足慰吾余年，何敢希汝比？'却后少日，公报姑云：'已觅得婚处，门地粗可，婿身名宦尽不减峤。'因下玉镜台一枚。姑大喜。既婚，交礼，女以手披纱扇，抚掌大笑曰：'我固疑是老奴，果如所卜。'"玉台，玉镜台。温郎，温峤（288~329），字太真，祁县（今山西祁县东南）人。性聪敏，有胆识，博学善文。

⑥金屋偕归，汧（qiān）国遂成佳妇：典出唐白行简小说《李娃传》：李娃本为长安娼女，常州刺史荥阳公之子进京赶考，与之相识，几经曲折，两人终成眷属。荥阳生后为数郡之守，李娃也被封为汧国夫人。

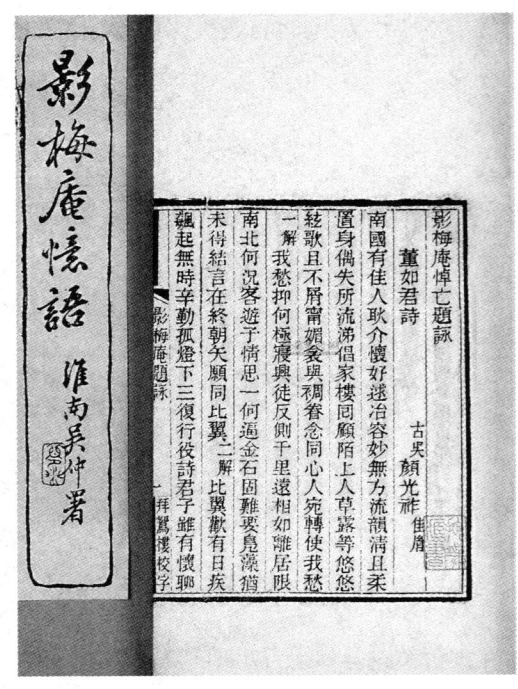

冒襄《影梅庵忆语》

⑦钱虞山作于节度：明末清初冒辟疆《和书云先生，己巳夏寓桃叶渡口，即事感怀原韵》跋语曾述其事："至牧斋先生，以三千金同柳夫人为余放手作古押衙，送董姬相从，则壬午秋冬事。"于节度，于頔，字允元，洛阳（今河南洛阳）人。历官长安令、驾部郎中、湖州刺史、山南东道节度使等。典出唐范摅《云溪友议》：秀才崔郊寓居姑母家，与姑家婢女相爱。姑贫，将婢女卖给山南东道节度使于頔。崔郊思慕不已，寒食节与婢相遇于柳阴，以诗相赠："公子王孙逐后尘，绿珠垂泪滴罗巾。侯门一入深如海，从此萧郎是路人。"于頔看到诗后，即以婢女归之。

⑧刘渔仲：刘履丁，字渔仲。曾玉成董小宛与冒辟疆之事。古押衙：唐薛调小说《无双传》中的人物。王仙客欲娶表妹刘无双，事未成，无双因父事没入掖庭。押衙受仙客之托，得丹药，让无双旧婢采苹假作中

使，谓无双逆党，赐令自尽。古押衙托以亲故，赎其尸归仙客。三日后，无双复活。押衙为绝追踪而自尽。押衙，掌管仪仗、侍卫的武职人员。

⑨一觉扬州，岂其梦耶：语出唐杜牧《遣怀》："十年一觉扬州梦，赢得青楼薄幸名。"

[点评]

"辟疆老矣，一觉扬州，岂其梦耶！"读过冒襄的《影梅庵忆语》就会深切感受到这句话的含意，他的感慨不是人生如梦几个字就能说尽的。

李贞丽者①,李香之假母。有豪侠气,尝一夜博输千金立尽。与阳羡陈定生善②。

香年十三,亦侠而慧,从吴人周如松受歌《玉茗堂四梦》③,皆

侯方域《壮悔堂文集》

能妙其音节,尤工琵琶。与雪苑侯朝宗善④,阉人儿某者欲内交于朝宗⑤,香力谏止,不与通。朝宗去后,有故开府田仰以重金邀致香⑥。香辞曰:"妾不敢负侯公子也。"卒不往。盖前此阉儿恨朝宗,罗致欲杀之。朝宗跳而免,并欲杀定生也,定生大为锦衣冯可宗所辱⑦。

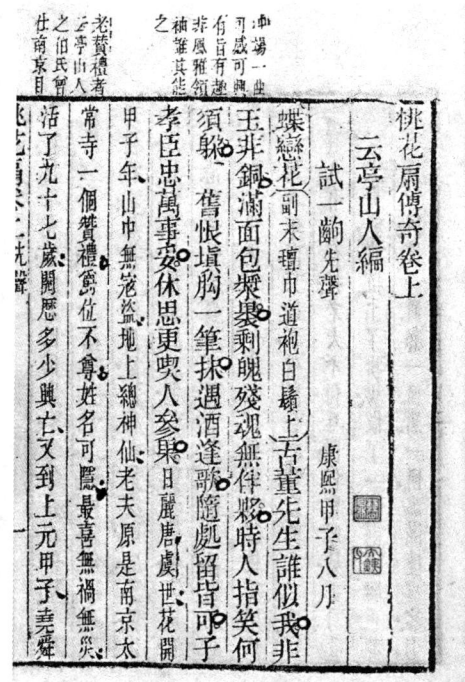

演述李香君与侯方域爱情故事的《桃花扇传奇》

[**注释**]

①李贞丽：字淡如。工诗善画，著有《歆芳集》。

②阳羡：宜兴别称。陈定生：陈贞慧（1604～1656），字定生，宜兴（今江苏宜兴）人。为复社重要成员。曾撰《留都防乱檄》，声讨阮大铖。明亡后，隐居不出。著有《陈处士遗书》《皇明语林》《山阳录》《雪岭集》《交游录》等。

③周如松（1600～1679）：原名苏昆生，固始（今河南固始）人，长期寓居金陵。曾入阮大铖家班授曲，为左良玉幕府。明亡后曾出家，流落江南一带，以授曲为生。《玉茗堂四梦》：或称《临川四梦》，明汤显祖所著四部戏曲作品《紫钗记》《牡丹亭》《南柯记》《邯郸记》的合称。

因四部作品皆涉梦境,临川为汤显祖家乡,玉茗堂为汤显祖住所名,故有此称。

④雪苑侯朝宗:侯方域(1618~1655),字朝宗,号雪苑。商丘(今河南商丘)人。户部尚书侯恂之子。为复社重要成员。少年即有才名,豪迈不羁。入清后曾应河南乡试,为副贡生。著有《壮悔堂文集》《四忆堂诗集》等。

⑤阉人儿某者:指阮大铖。阉人,宦官。内交:结交。

⑥开府:古代高级官员成立府署,选置僚属。这里泛指权贵。田仰(1590~1651):字百源,思南(今贵州思南)人。万历四十二年(1614)进士。历官吏部主事、太仆寺卿、兵部尚书。南明时任淮扬巡抚。

⑦锦衣:锦衣卫。明代特务机构,掌管侦查、逮捕、审讯之事。冯可宗(?~1645):益都(今山东青州)人。南明时任锦衣卫指挥都督,为马士英、阮大铖爪牙,生活奢侈。

[点评]

这一则看似写李贞丽,主要是在写李香君。有关李贞丽的记载甚少,她除了豪侠之举外,诗词写得也不错。清雷瑨《青楼诗话》有如下一段记载:

《词苑丛谈》载明妓李贞丽句:"相思莫写上阳花。恐被风吹,愁起满天涯。"用唐雍陶诗意,不减草衣道人《忆秦娥》曲也。贞丽,《明词综》不录。

《明诗综》收录其《月夜有怀》：

不见风前旧令君，满庭霜月白于云。
仙居只隔清溪曲，此夜钟声应共闻。

清嘉庆刊本夏完淳《夏内史集》

云间才子夏灵胥作《青楼篇》寄武塘钱漱广①，末段云："二十年来事已非，不开画阁锁芳菲②。那堪两院无人到③，独对三春有燕飞④。风弦不动新歌扇⑤，露井横飘旧舞衣⑥。花草朱门空后阁，琵琶青冢恨明妃⑦。独有青楼旧相识，蛾眉零落头新白⑧。梦断何年行雨踪，情深一调留云迹。院本伤心正德词⑨，乐府销魂教坊籍。为唱当时《乌夜啼》⑩，青衫泪满江南客⑪。"观此，可以尽曲中之变矣，悲夫！

[注释]

①夏灵胥：夏完淳（1631~1647），原名复，字存古，号小隐、灵首、灵胥。松江华亭（今上海市松江区）人。明亡后随父亲抗清，被捕就义。天资极高，工诗文。武塘钱漱广：钱熙（1620~1646），字漱广，嘉善（今浙江嘉善）人。为夏完淳内兄，复社成员。作者写有诗作《武

塘十友·钱漱广》，称其"公子才名原海岱，书生意气自云霞"。

②画阁：装饰华丽的楼阁。

③两院：唐崔令钦《教坊记》："凡楼下两院进杂妇女，上必召内人姊妹入内，赐食。"两院当指宜春院、内教坊。

④三春：农历春季三个月：正月孟春，二月仲春，三月季春。

⑤风弦：风。歌扇：歌舞时所用的扇子。

⑥露井：没有覆盖的水井。

⑦青冢：王昭君墓，在今内蒙古呼和浩特南。明妃：王嫱，字昭君，汉元帝时入宫，后自请远嫁匈奴单于。晋代为避司马昭名讳，改称明君，后人又称其为明妃。

⑧蛾眉：美丽的女子。

⑨正德：明武宗朱厚照（1491~1521）年号，1506~1521年。

⑩《乌夜啼》：乐府清商曲辞《西曲歌》名。

⑪青衫泪满江南客：语出唐白居易《琵琶行》："座中泣下谁最多，江州司马青衫湿。"

[点评]

夏完淳撰写这首《青楼篇》时，年仅十五岁，一如当年以风流自居的余怀。甲申之变改变了他的人生道路，使其从一位风流才子变成一位少年英雄。作者特意摘引其诗，当有引为同道、哀悼怀念之意。

盒子会①

沈石田《盒子会辞并序》云②:"南京旧院,有色艺俱优者,或二十、三十姓,结为手帕姊妹。每上节③,以春槃巧具,殽核相赛④,名'盒子会'。凡得奇品为胜,输者罚酒酧胜者。中有所私⑤,亦来挟金助会,厌厌夜饮⑥,弥月而止。席间设灯张乐,各出其技能,赋此以识京城乐事也。"

辞曰:

平康灯宵闹如沸,灯火烘春笑声内⑦。

盒奁来往斗芳邻,手帕绸缪通姊妹。

东家西家百络盛,妆殽钉核春满槃。

豹胎间挟鲤冰脆⑧,乌榄分擤椰玉生⑨。

不论多同较奇有,品色输无例赔酒。

呈丝逞竹会心欢,衷钞裨金走情友⑩。

哄堂一月自春风⑪,酒香人语百花中。

一般桃李三千户,亦有愁人隔墙住。

[注释]

①盒子会:这一则在各版本中皆作为附录,其中道光间"昭代丛书"本题目作"题谢时臣盒子会图"。

沈周像

②沈石田：沈周（1427～1509），字启南，号石田、白石翁，长洲（今江苏苏州）人。善画山水，与文征明、唐寅、仇英合称"明四家"。工诗文，喜藏书，著有《石田集》《客座新闻》《江南春词》《石田杂记》等。

③上节：当为上元节，即元宵节，农历正月十五。

④春榮：又名春盛、春桶，春天的瓜果蔬菜。巧具：精心准备，巧妙安排。殽核：肴核，肉类和果类食品。晋左思《蜀都赋》："金罍中坐，肴核四陈。"

⑤所私：喜欢的人。

⑥厌厌：漫长、绵长的样子。

⑦烘春：色彩明艳、鲜亮的样子。

⑧豹胎：豹的胎盘，这里泛指珍贵的菜肴。鳇冰：鳇鱼的软骨，脆软可食。

⑨乌榄：橄榄的一种。椰玉：椰子的瓤肉，因其色白，故称。

⑩裒（póu）钞裨金：敛聚金钱。

⑪哄堂：举座欢笑。

[点评]

对盒子会这一习俗，明清小说亦有描写，如《金瓶梅词话》第四十五回《桂姐央留夏花儿　月娘含怒骂玳安》："有我五姨妈那里又请了许多人来做盒子会。"《儒林外史》第五十三回《国公府雪夜留宾　来宾楼灯花惊梦》："又有一个盒子会，邀集多人，治备极精巧的时样饮馔，都要一家赛过一家。"可以与此处所写对读。

宋惠湘①，秦淮女也。兵燹流落②，被掳入军。至河南卫辉府城，题绝句四首于壁间，云：

风动江空羯鼓催③，降旗飘飑凤城开④。
将军战死君王系，薄命红颜马上来。

广陌黄尘暗鬓鸦⑤，北风吹面落铅华⑥。
可怜夜月《箜篌引》⑦，几度穹庐伴暮笳⑧。

春花如绣柳如烟，良夜知心画阁眠。
今日相思浑似梦，算来可恨是苍天。

盈盈十五破瓜初⑨，已作明妃别故庐。
谁散千金同孟德⑩，镶黄旗下赎文姝⑪？

后跋云："被难而来⑫，野居露宿。即欲效章嘉故事⑬，稍留翰墨，以告君子，不可得也。偶居邸舍⑭，索笔漫题，以冀万一之遇，命薄如此，想亦不可得矣。秦淮难女宋惠湘和血题于古汲县前潞王城之东。"⑮潞王城，潞藩府第也⑯。

[注释]

①宋惠湘：下面三则为清康熙间《说铃》本附录。
②兵燹（xiǎn）：战乱。
③羯鼓：一种打击乐器，这里指战鼓。

④飘飐：飘扬。凤城：京都，京城。

⑤广陌：大道，大路。鬓鸦：乌黑的鬓发。

⑥铅华：女子化妆用的铅粉。

⑦《箜篌引》：乐府《相和六引》之一，又名《公无渡河》。

⑧穹庐：游牧民族所住的毡帐。笳：一种乐器。

⑨盈盈：仪态美好。

⑩孟德：曹操（155~220），字孟德，沛国谯（今安徽亳州）人。

⑪镶黄旗：清军八旗之一，这里泛指清军。文姝：才女。清孙枝蔚《难妇词》："已分将身葬野乌，曹公高义赎文姝。"这里用了曹操义赎蔡琰的典故。蔡琰，字文姬，为蔡邕之女。东汉末年战乱，蔡琰为匈奴所掳，后曹操以重金赎回。

⑫被难：遭难，落难。

⑬章嘉故事：或指会稽女子新嘉驿题壁诗之事。新嘉驿在今山东兖州，明万历年间，有位会稽的女子在新嘉驿的墙壁上题了三首诗，并自叙其不幸身世。此事被发现后，引起当时文人的关注。

⑭邸舍：客栈，客舍。

⑮汲县：今河南卫辉。

⑯潞藩府第：明藩王潞王的府第。

[点评]

宋蕙湘生平事迹不详，或云其为南明宫女，或云其为秦淮歌伎，还有说她精于烹调的，均不知何据。

燕顺,淮安妓女也。年十六,知义理①,每厌薄青楼,以为不可一日居。甲申三月,凤阳督师马士英标下兵鼓噪而散②,突至淮城西门外,马、步五六百人,掳掠甚惨。妓女悉被擒,顺独坚执不从,兵以布缚之马上,顺举身自奋③,哭詈不止④,兵竟刃之。

[注释]

①义理:道理。

②督师:总督。鼓噪:喧哗,喧闹。

③自奋:用力。

④哭詈(lì):哭骂。

[点评]

有如此野蛮残暴的官兵,南明小朝廷安得不亡?有关燕顺的事迹,当时记载颇多,这里选录明冯梦龙《甲申纪事》一书中的记载,以与余怀所记对读:

> 十九日,西门外有马步兵五六百人突至,不知何乘。妓女俱被擒,有妓燕顺,年十六,坚拒不从,上马复堕者三。兵以布缚之马上,顺举身自奋,哭詈不止,兵杀之。居民愤甚,群聚欲与斗,乃散去。

又，山东郯城县之李家庄①，旗亭壁间题三绝句，云：

不扫双蛾问碧纱②，谁从马上拨琵琶？
驿亭空有归家梦，惊破啼声是夜筇。

日日牛车道路赊③，遍身尘土向天涯。
不因薄命生多恨，青冢啼鹃怨汉家。

惊传县吏点名频，一一分明汉语真④。
世上无如男子好，看他髡发也骄人⑤。

末书云："吴中羁妇赵雪华题。"

凡此数者，皆群芳之萎道旁者也⑥。

[注释]

①郯（tán）城：在今山东郯城，属临沂市。

②双蛾：女子的双眉。

③赊：长，远。

④汉语：汉人的语言。

⑤髡（kūn）发：剃发。

⑥萎：枯萎，衰败。

[点评]

"世上无如男子好，看他髡发也骄人。"这分明是在奚落那些贪生怕死、归顺新朝的男人。

赵雪华三首题壁诗在当时流传甚广,和者甚众,这里选录两首:

和驿中女子赵雪华

钱中谐

憔悴征尘去画楼,平沙万里赴边州。

可怜青冢千行泪,并作黄河一夜流。

和吴中羁妇赵雪华

周　星

遗墨邮亭泪血频,好从句里唁真真。

文人无貌犹悭福,何况文人是美人。

后　跋①

狭邪之游，君子所戒。然谢安石东山携妓②，白香山眷恋温柔③，一则称江左风流④，一则称广大教化⑤。因偶适其性情，亦何害为君子哉？唐有处士李戡者⑥，痛恶元、白诗⑦，谓其纤艳不逞⑧，淫言媟语⑨，入人肌骨，不可除去。秀铁面亦诃黄鲁直作为绮诗，当堕泥犁地狱⑩。余之编斯记也，将毋为李处士所诟、秀铁面所诃乎？然管仲相桓公⑪，置女闾七百⑫，征其夜合之资以富国⑬。则始作者⑭，其惟管仲乎？孟子之卑管、晏⑮，有以哉⑯！有以哉！

余甲申以前诗文尽皆焚弃，中有赠答名妓篇语甚多，亦如前尘昔梦⑰，不复记忆。但抽毫点注⑱，我心写兮⑲，亦四水潜夫记《武林旧事》之意也⑳。知我罪我，余乌足以知之㉑。

［注释］

①后跋：该《后跋》为《说铃》本所载，不见于"昭代丛书"本。

②谢安石东山携妓：谢安在出仕前，纵情山水，每出游必携妓同行，逍遥自适。台北"故宫博物院"藏有明人郭诩所绘《东山携妓图》。作者《咏怀古迹·谢公墩》诗序："谢安居会稽，东山高卧。及至金陵，筑

土拟之。每一出游，丝竹甚盛。"东山，在今浙江绍兴。

③白香山眷恋温柔：白居易对其姬妾樊素、小蛮非常宠爱，写有诗句"樱桃樊素口，杨柳小蛮腰"。作者《念奴娇·为云田少姬周宝镫题〈坐月浣花图〉》："当日苏氏朝云，白家樊素，都是风流话。"白香山，白居易自号香山居士，后人故有此称。

④江左风流：谢安在当时有江左风流宰相之称。作者《东山谈苑》："江左风流宰相，惟有谢安。若围棋赌墅，坐败秦兵，乃真风流也，后人可轻言风流耶？"

⑤广大教化：唐张为在其《诗人主客图》中称白居易为广大教化主。

⑥处士：有才德而隐居不仕的人，后泛指未做过官的士人。李戡（783～837）：本名天授，一名飞，字定臣。陇西成纪（今甘肃静宁西南）人。曾任平卢节度巡官。

⑦"痛恶元、白诗"等语：据杜牧《唐故平卢军节度巡官陇西李府君墓志铭》，李戡曾言："尝痛自元和以来，有元、白诗者，纤艳不逞，非庄士雅人，多为其所破坏。流于民间，疏于屏壁，子父女母，交口教授。淫言媟语，冬寒夏热，入人肌骨，不可除去。"元、白，唐代诗人元稹、白居易的并称。《旧唐书·元稹传》："稹聪警绝人，年少有才名，与太原白居易友善，工为诗，善状咏风态物色，当时言诗者称元白焉。"

⑧纤艳不逞：工巧艳丽。

⑨淫言㗩（dié）语：当为淫言媟语，指轻浮淫秽的言辞。

⑩秀铁面亦诃黄鲁直作为绮诗，当堕泥犁地狱：语出南宋普济《五灯会元》："秀曰：'汝以艳语动天下人淫心，不止马腹中，正恐生泥犁耳。'公惕然悔谢，由是绝笔。"秀铁面，宋代僧人法秀（1027～1090），俗姓辛。不攀权贵，刚直严峻，禅门称其为"秀铁面"。黄鲁直，黄庭

坚,字鲁直。绮诗,风格香艳的诗歌。泥犁,梵语的译音,意为地狱。

⑪管仲(？～前645):名夷吾,字仲,颍上(颍水之滨)人。出身微贱,后辅佐齐桓公成为春秋时期第一个霸主。著有《管子》。桓公:齐桓公(？～前643),姜姓,名小白。春秋时齐国国君。

⑫置女闾七百:典出《战国策》:"齐桓公宫中七市,女闾七百,国人非之。"女闾,妓女聚集之所。

⑬夜合之资:卖淫所得资金。明杨慎《升庵集》:"齐有女闾七百,征其夜合之资,以充国用。"

⑭始作者:始作俑者。

⑮孟子之卑管、晏:典出《孟子·公孙丑章句上》,孟子认为管仲"得君如彼其专也,行乎国政如彼其久也,功烈如彼其卑也"。管,管仲。晏,晏婴(？～前500),字平仲。夷维(今山东高密)人。历灵公、庄公、景公三世为卿。传世有《晏子春秋》,系依据其言行编辑而成。

⑯有以:有原因,有道理。

⑰前尘昔梦:往事旧梦。

⑱抽毫点注:动笔写作。

⑲我心写兮:语出《诗经·小雅·蓼萧》:"既见君子,我心写兮。"写,愉快,舒畅。

⑳四水潜夫:周密(1232～约1298),字公谨,号草窗,别号四水潜夫。吴兴(今浙江湖州)人。曾官义乌令。南宋亡后,隐居不仕。著有《齐东野语》《癸辛杂识》等。《武林旧事》:周密所写追忆南宋都城临安城市风土人情的一部笔记体著作。作者在序中云:"时移物换,忧患飘零,追想昔游,殆如梦寐,而感慨系之矣。……青灯永夜,时一展卷,恍然类昨日事,而一旦朋游沦落,如晨星霜叶,而余亦老矣。噫,盛衰

无常,年运既往,后之览者,能不兴忾我寤叹之悲乎!"

㉑乌:哪,何。

[点评]

《后跋》呼应《自序》,仍是在表明心迹,希望读者既不要沉迷于风月繁华的表象,也不要以道德的尺度来苛求作者,如能用阅读《武林旧事》的角度理解本书,作者也就知足了。"知我罪我,余乌足以知之。"对后人的批评指责,作者显然已经考虑到了。

附录一 《板桥杂记》序跋

《板桥杂记》小引

张 潮

余自有知识以来,即闻明隆、万时白门旧院之盛。不知我之前生,亦曾与二三佳丽促膝谈心否也。因思我辈,既为情种,复擅才华,苟其伉俪得人,美而不妒,遴芳选艳,惜技怜才,快意当前,夫复何憾!如或遇非其偶,援哙等以伍淮阴,玉树蒹葭,争光殊耻;其或外有可观,徒以妍皮而裹痴骨,有倡无和,同于向隅;又或才貌兼优,心怀娼嫉,防闲俊婢,禁锢青衣。若此等流,莫能殚述。所幸烟花不坠,风月长新,辟乐国于平康,创柔乡于行院。莺喉燕态,尽属奇观;蝶使蜂媒,都归大雅。于是骚坛才子,艺苑名流,五伦之外,无妨别缔良缘;两姓之余,到处可逢佳偶。联吟则倡予和汝,同梦亦任意随心。似此胜游,真堪神往。不谓数十年来,所为长板桥者,徒与荒烟蔓草为邻而已,不亦深可叹哉!余澹心先生生于神宗之代,观其所著《板桥杂记》,已不胜今昔之感。又况余辈少先生三十余岁,徒于传闻中识其影响而已。然犹幸得此帙读之,尚可想见其万一也。心斋张潮撰。

——清"昭代丛书"本

《板桥杂记》跋

心斋居士

今世亦有狭邪，其所以不足动人深长思者，良以雅俗之分耳。其或稍涉风骚，略通琴奕，犹将痛惜而轻怜之，矧其为才技兼优、人文双擅者乎？然此非天之生才独殊，其所以致之，必有由也，果能重返旧观乎？余日夜企之矣。心斋居士题。

——清"昭代丛书"本

题《板桥杂记》

尤 侗

余子曼翁以所著《板桥杂记》示予为序，予间阅之，大抵《北里志》《平康记》之流。南部烟花，宛然在目，见者靡不艳之。然未及百年，美人黄土矣。回首梦华，可胜慨哉！或曰："曼翁少年，近于青楼薄幸，老来弄墨，兴复不浅。子方洗心学道，何为案头着阿堵物？"予笑曰："昔明道眼前有妓，心中无妓；伊川眼前无妓，心中有妓，以定二程优劣。今曼翁纸上有妓，而艮翁笔下故无妓也，何伤乎一序之？"

——清《说铃》本

《板桥杂记》序

吕 堃

曼翁当鼎革时,剩水残山,潸潸泪眼。祖香草美人遗意,记南曲珠市诸名姬,述其盛衰,悲其聚散,一寓耆耆故人之思,至一唱三叹,著淑懿,寄褒讥,抑微而显矣。此自序有知我罪我之说,不诬也。特借酒于歌儿、狎客,冶游艳遇之胜,使人目眙神荡,历百数十年都被瞒过。其曰雪衣,曰眉楼,曰董宛,曰马娇诸名色,大抵行役大夫之彼黍彼稷耳。所见不同,兴怀则一。尤西堂一世才人,以《平康记》《北里志》拟之,陋矣。

——邓之诚《骨董琐记》卷六

重刻《板桥杂记》跋

傅春官

鬘持老人籍莆田,明末侨寓南都,遂家焉。《味外轩稿》《研山草堂诗样》《曼翁集》《板桥杂记》皆所著,然《杂记》世尤称之。盖六朝剩粉,辄易中人,矧作者身当鼎革,其间称述,哀乐无时,第曰绸缪北里,凭吊南曲,不其慎与?客秋靡遣,消磨是书,讵意昔者所欢,今乃弗忍卒读,掩卷冥想,忧从中来。允矣,事有伤心,不嫌异代,然而一湾淮水,兴亡何穷?期美人之不来,信吾生之足乐,孤怀耿耿,抑有何焉?春间,手民谋书付梓,余嗒然若丧,漫无以应,辗转物色,终焉此俤。嗟乎!茫茫世间,断肠无所,如有解者,宁识方回已。光绪二十七年夏四月,江宁傅春宫识。

——"金陵丛书"本

附录二 《板桥杂记》题咏

清平乐
题《板桥杂记》

江 昱

才人老去,寂寞修花谱。长板桥边桃叶渡,细说旧游佳处。　尊前往事谁弹,雪窗自剪灯看。他日秦淮夜泊,蟋姑明月勾栏。

——清王昶《国朝词综》

题《板桥杂记》后

钱维城

山作温柔水作香,六朝歌舞遍横塘。
杜鹃啼出新亭泪,尚有徐妃半面妆。

零落钿钗不记年,琵琶绝世肯轻传。
秦淮夜夜流呜咽,应有江州月下船。

伯梁醉杀湘真死，百二年来断笑颦。
欲说开元旧时事，白头宫女更无人。

莫愁湖上水漫漫，长板桥头笛谱残。
剩得王孙怀旧赋，相思花发倚栏看。

阅《板桥杂记》，见难女宋蕙湘、赵雪华而悲之，百余年来，衰草穷尘，零落何所，拟诗以吊其墓。

钱维城

荒荒古道夹平沙，寂寞芳魂归路遐。
何处秋霜飞烈日，至今夜月怨清笳。
玉烟散紫悲吴女，冢草留青识汉家。
多少铅华尽零落，白杨愁杀暮啼鸦。

——清钱维城《钱文敏公全集》

秦淮杂咏（其四）

戴文灯

旧院依稀钞库街，板桥空复记余怀。（闽人，有《板桥杂记》。）
闲门冷落无芳草，何处荒苔吊玉钗。

——清戴文灯《静退斋集》

读《板桥杂记》感赋

王 濬

青衫头白前朝客，飘泊曾依江总宅。
转眼繁华能几时？旧游拟共何人说？
凄凉偏爱谱升平，细雨挑灯记甲乙。
廿载频惊战斗场，一编述尽兴亡迹。
忆昔中原未变迁，金陵乐事自年年。
王侯邸第排空起，灯火楼船趁月还。
传杯漏永喧檀板，簇仗花红跨锦鞯。
小桨迎来桃叶女，回廊唤出绛云仙。

迷人最是秦淮渡，狭邪旧院纷无数。

门前车马闹如雷，帘里椒兰浓若雾。

扫眉才子本婵娟，傅粉何郎屡回顾。

酒阑棋罢更留欢，斗转参横不知曙。

一朝宫阙烟尘生，暮府山头铁骑鸣。

野鸟啼煞青溪柳，凄断歌声唱冶城。

贺老琵琶愁出塞，昆生弦索远投兵。

仓卒玉京归净土，萧条葛嫩没军营。

井阑泪氃胭脂雨，教籍香消佳丽名。

可怜西风怒吹折骈技树，粉黛昔三千一半埋黄土。

憔悴犹存老教师，春风几度持门户。

尊前重与话开元，羌笛声声欲断魂。

龟年零落青蛾去，女侠谁知寇白门？

东南半壁嗟难守，昆明浩劫今看又。

玉乘鸾舆去不回，青楼红粉知何有？

独有樊川感慨生，梦华小录继神京。

一般摇落芜城赋，对此伤人今古情。

——清王澨《红鹅馆诗选》

《板桥杂记》题词

沈 峰

红粉成灰怨未消,香魂无数哭前朝。
低徊却忆江南梦,巷里分明旧板桥。

杜牧风怀宋玉词,诗人例许惜蛾眉。
樽前试与秋娘唱,凄绝云昏月暗时。

——徐世昌《晚晴簃诗汇》

《板桥杂记》十五首

朱 黼

武定桥边访曲中,铜环半启画栏重。
双鬟捧出新团扇,不是扬州梦里逢。

拂水轻烟散碧霄,回光宛转鹫峰遥。
清风白月银墙外,一夜吹箫长板桥。

梨园威武昔年遗，密席知音压臂时。
顿老琵琶妥娘曲，可怜天上误相思。

腹里听琴洵异常，好从贞美认牙章。
老梅刈后梧桐死，流落秦淮李十娘。

眉山臂藕孰争妍，嫩字呼来已可怜。
一自娇娃能骂贼，孙三当日竟登仙。

横波小字旧知名，珍重尚书割臂亲。
一事留传真意外，皇封让与顾夫人。

东风吹破薛涛笺，梅影庵中阁管弦。
留得江城寒食句，桃花如雨洒春田。

相传侠妓胜须眉，老去风情感故知。
憔悴洛阳张好好，不堪重听牧之诗。

相帘栞几坐吹笙，着得黄絁欲避名。
误向人前称道士，至今忆煞董双成。

荜门圭窦亦徜徉，邈索声传枉自伤。
指点青溪回曲处，顿家风月最凄凉。

马相登朝王气终，惊心闽峤动宵烽。
何曾累却杨龙友，不是圆圆是婉容。

半壁崇兰伴妙吟，李家三绝太倾心。
生平不负侯公子，开府何劳炫重金？

雪洞迷藏意绪繁，携来水阁醉平原。
兰桡拥处神香发，矗立层台坐状元。

不惜千金谢主恩，名园教见旧王孙。
芳心侠骨休回首，无复秦淮寇白门。

樊楼灯火照花枝，旧院风流袅鬓丝。
谁向旗亭争画壁，梅林佳句阮亭诗。

——清朱黼《画亭诗草》

凤凰台上忆吹箫
题余淡心《板桥杂记》后

刘嗣绾

北里空谈，东华倦录，金陵十六重楼。数一编旧话，裙屐风流。寂寬幽兰居士，消磨了几许闲愁。教珍重，断缣零素，箫谱重修。　休休。板桥西去，看早晚栖鸦，催送残秋。怅梅根渚畔，桃叶湾头。今夜孤灯剪罢，青箱卷属付谁收？拚痴坐，繁霜罗幕，自擘箜篌。

——清刘嗣绾《尚絅堂集》

秦淮杂咏
题余曼翁《板桥杂记》后

陈文述

南部烟花说旧京，宜春子弟有新声。
板桥杂记今犹在，曾与群芳署小名。

金陵自古帝王州，澹粉轻烟十四楼。
六代江山同寂寞，秦淮烟景不胜秋。

旧院沉香别有街，家家水阁傍秦淮。
山温水软人佳丽，三百年中几玉钗？（此咏旧院。）

风露清秋澹暮云，红阑携手话逡巡。
一轮长板桥头月，曾照当年撷笛人。（此咏长板桥。）

灯船红影艳春痕，邀笛风流白下门。

解向尊前挥彩笔，当年只有杜茶村。（此咏灯船。）

寥亮仙音子夜歌，檀槽激楚奏阳阿。

武威法曲今犹在，绝调琵琶响玉娥。（此咏武威法曲。）

翩翩弱态定惊鸿，小字簪花说最工。

惆怅金陵荡子妇，尚留小印识残红。（徐翩翩自署金陵荡子妇。）

汉宫谁似尹夫人？第一曾推尹子春。

唱到江南肠断句，青衫憔悴感风尘。（尹春，字子春。）

荒园飞絮损红阑，愁说朱家翠袖寒。

留得长堤种香草，至今人识马湘兰。（马湘兰于所居后筑堤，人称湘兰堤。）

旷世闲情欲秀群，风流谁似李湘真？

玲珑小印回文字，自把贞心铸美人。（李十娘，名湘真，字雪衣。后易名贞美，刻印曰李十贞美之印。）

蕊芳豪气问谁同，纵酒高歌孙武公。

玉碎香消虹气在，果然儿女有英雄。（葛嫩，字蕊芳，归孙克咸，同殉闽中之难。）

美人迟暮感流年，开宝繁华梦若烟。

此是洛城张好好，题诗谁是杜樊川？（李小大，字宛君，少事豪华，晚悲流落，曼翁以张好好比之。）

眉楼画笔问如何，砚匣梅花染黛螺。

福慧无双人第一，曲中惟有顾横波。（顾媚，字眉生，又字眉庄，眉楼其所居也。归龚芝麓，受尚书夫人封。）

青莲山水证瞿昙，白岳黄山次第探。

记与琵琶查八十，剪灯同谱影梅庵。（董白，字小宛，一字青莲，归冒巢民，有《影梅庵忆语》。查梅史约余同谱《影梅庵》传奇。）

记取黄绂入道来，琴中花月最堪哀。

昨从锦树林前过，犹剩埋香土一抔。（卞赛，字赛赛，后为女道士，自称玉京道人。梅村有《听女道士卞玉京弹琴歌》。墓在梁溪锦树林祇陀庵后。）

小妹桃根说妙年，画兰女子最婵娟。

有人曾赋秋花影，惆怅恒河浩劫前。（玉京女弟曰敏，善画兰，梅村有《画兰曲》。"亭亭一剪秋花影，同在恒河劫前"，彭甘亭题卞敏画兰句也。）

药炉经卷共温存，双玉才名重白门。

剩水残山烟楮在，红闺真有范华原。（范珏，字双玉，善画山水。）

顿老琵琶旧谱传，琴心三叠写秋弦。

离鸾别凤哀如许，薄命红妆最可怜。（顿文，字小文，顿老女孙。善琴，鼓别凤离鸾之曲，佳人中之薄命者也。）

龙友才华旧有声，马娇玉貌亦倾城。

劝郎殉国全忠义，更有当年方芷生。（马娇，字婉生，归杨龙友，不知所终。方芷生归龙友，劝之殉节，《板桥杂记》失载。）

却聘词高气薄云，含光佳侠有精神。

一编乐府桃花扇，占断秦淮二月春。（李香，李贞丽女，侠而慧，与雪苑侯朝宗善。阮大铖欲纳交于朝宗，香力谏止。田仰欲以重金致香，香辞曰：妾不敢负侯公子也。卒不往。）

遭际多应误贵阳，修罗兵仗太猖狂。

当年何不师毛惜，留取声名第一香？（王月，字微波，有殊色，曼翁诗所谓"月中仙子花中王，第一嫦娥第一香"者是也。归庐凤观察蔡香君，后为张献忠所得，宠压一营，复以事忤献忠，断其头以飨群贼。呜呼，等死也，晚矣。）

匹马南还记旧恩，香丸何处吊芳魂？

虞山诗里留佳传，女侠谁知寇白门？（寇湄，字白门，归保国公，京师破，脱身归秦淮。）

熏香小像写生绡，词客当年说二乔。

记向影香庵里见，月明和影自吹箫。（沙嫩，沙才女弟也，人以二乔目之。曾居吴郡半塘，有小像藏董氏影香庵。）

竟作明妃别故乡，箜篌夜月怨清商。

潞王城畔题诗处，愁绝秦淮宋蕙湘。（宋蕙湘，秦淮女子。南都破，被掳，过卫辉，有题壁诗。）

——陈文述《颐道堂集》

读余澹心《板桥杂记》，偶咏其事

王汝玉

尽识弹词柳敬亭，十年浪迹等浮萍。

江南风景依然好，谁向灯前掩泪听？

——《闻妙轩诗存》

书《板桥杂记》

张际亮

江南好景本无多，兵火身经唤奈何。

却似龟年飘泊后，酒阑红豆一悲歌。

开府频飞告急章，新笺燕子按歌忙。
白门桃叶青溪柳，不解春风有战场。

旧院通街接御沟，秦淮无恙水长流。
乌衣去后春如许，赢得闲人上酒楼。

惆怅霜筇闲洞箫，白头遗老话先朝。
孝陵剩有多情月，夜夜流光照板桥。

——清张际亮《思伯子堂诗集》

金缕曲

书余淡心《板桥杂记》

许宗衡

囊读曼翁斯编，心辄低徊。窃以顿老琵琶，妥娘词曲，人间天上，事艳情哀。乃至葛嫩、李香，贱能抗节；魁箫卯笛，听辄增悲。几类国殇，讵同祸水，方诸志乘，亦系兴亡。嗟乎！秦淮呜咽，谁忆前尘：粤寇披猖，倏遭今劫。岁在癸丑，孟春之月，仆在江上，仓卒北征，时贼骑距城，不四百里，埭兵甫集，烽火断然，仅二旬而金陵瓦解矣。侯景谁迎？袁粲徒死。曰为改岁，未复岩疆。呜呼！江关残破，亲故流亡，慨念昔游，都非旧梦。衣衫蝶化，楼阁薪烧，一付劫灰，无从吊影。桓子野奈何之唤，贺方回断肠之词，载诵斯编，抑又伤已。夫事非同轨，感无异情，曼翁此作，胜国难忘。仆念故园，亦滋慨息。昔之招邀胜侣，流连景光，南部烟花，东山丝竹，坠欢难拾，逝水不回，遑问前因，空成死别，奚必他时凭吊，始为伤心之事哉！仰天掩卷，歌呼乌乌，因为此词，用谂同调。

别有伤心处。尽消磨、劫灰金粉，大江东去。楼阁斜阳秋易晚，呜咽青溪如诉。只衰柳、残鸦无数。龙虎雄图悲竖子，剩遗编细载闲歌舞。亡国恨，哽谁语？　年来烽火台城路。念无端、家山唱破，凄凉无主。似有箫声闻鬼哭，忍忆板桥风雨。漫惆怅、美人黄土。绕郭旌旗霜影重，恐将军、愁击军中鼓。早哀绝，子山赋。

——清丁绍仪《国朝词综补》

桂枝香
题余澹心《板桥杂记》后

谢章铤

河山已矣。况一曲、秦淮伤心之地。漫数当年门巷，水温楼媚。老天着意妆脂粉，李家香、柳家如是。怜才能赏，多情能侠，也非容易。　剩一老、飘零未已。写不尽凄凉，泪痕满纸。变调黍离几辈，效颦堪比。过江马阮真无赖，卖英雄、歌舞声里。谁知今日，板桥桥畔，狼烽又起。

——清谢章铤《酒边词》

题余澹心《板桥杂记》后

林 直

一代兴亡泪,频年感雪泥。
江山余醉笔,花月老香闺。
旧梦重重记,新愁黯黯题。
秦淮呜咽水,不敢过桥西。

——清林直《壮怀堂诗》

题余澹心《板桥杂记》

秦际唐

笙歌画舫月沉沉,邂逅才子订赏音。
福慧几生修得到,家家夫婿是东林。

茉莉香中送晚凉,渡头桃叶趁潮忙。
十三楼上春如许,草草山河已夕阳。

——《虞初广志·秦淮感旧集》

读《板桥杂记》

程 远

半堆瓦砾认河房,词客飘零剧可伤。
重听尊前话天宝,谁知身是老周郎?

春风歌扇美人箫,一曲秦淮万柳条。
往事苍茫谁复问?白头江令哭南朝。

——清潘衍桐《两浙輶轩续录》

题《板桥杂记》

叶同春

临春结绮斗秾华,十四楼头噪暮鸦。
淡粉轻烟空想像,西风一片玉钩斜。

——清叶同春《霓仙遗稿》

临江仙
题《板桥杂记》

程颂万

龙虎销残莺燕老,西风一夜南朝。江南何处不魂销。乌啼红板路,花落白门潮。　　剩得几株残照柳,向人犹逗纤腰。招魂重过石城桥。月明楼十四,不忍更闻箫。

——程颂万《程颂万诗词集》,湖南人民出版社 2009 年版

附录三　《板桥杂记》评论

《板桥杂记》，三卷，大学士英廉购进本。

国朝余怀撰，怀字无怀，号澹心，闽县人。自明太祖设官伎于南京，遂为冶游之场，相沿谓之旧院。此外又有珠市，亦名倡所居。明季士气嚣薄，以风流相尚，虽兵戈日警，而歌舞弥增。怀此书追述见闻，上卷为《雅游》，中卷为《丽品》，下卷为《轶事》。文章凄缛，足以导欲增悲，亦唐人《北里志》之类。然律以名教，则风雅之罪人矣。

——清永瑢等《四库全书总目》

《板桥杂记》，三卷，《说铃》后集本。

国朝余怀撰。怀字无怀，号澹心，闽县人。《四库全书》存目。是书前有《自序》，谓金陵古称佳丽之地，洪武初年，建十六楼以处官妓，称一时之盛事。自时厥后，或废或存，迨至百年之久，而古迹寖湮，存者惟南市、珠市及旧院而已。余偶为北里之游，长板桥边，一吟一咏，顾盼自雄。俄逢丧乱，静思陈事，返念无因，聊记见闻，用备汗青。今观其书，上卷为《雅游》，中卷为《丽品》，下卷为《轶事》，皆所以述狭邪、传艳冶者也。昔唐李戡痛恶元白诗，谓其纤艳不遗，淫言媟语，入人肌骨，不可除去，其诋元白太过。若此书则诚如戡所云矣。末又有自撰《后跋》，诩为四水潜夫记《武林旧事》之意。意虽如此，其如书之大相刺谬何？"昭代丛书"亦收入之。

——清周中孚《郑堂读书记》

余澹心以中原遗老目睹明室之亡，举凡北里风流，南都荒宴，盛衰今昔之感，一一笔之于书，于是有《板桥杂记》之作。虽《东京梦粱》之乘，《西台恸哭》之部，其哀感顽艳，不是过也。岂后之强摹学步者所能想见哉！原刊吴门沈氏"昭代丛书"中。卷帙繁多，购求不易。数年前有刊单行袖珍本于日本东京者，眉加评语，亦复隽永可味。首列渔洋山人赠诗一绝云："千载秦淮水，东流绕旧京。江南戎马后，愁杀庾兰成。"足以想望淡心之为人，与此书之寓意矣！

——柳亚子《板桥杂记》，载其《柳亚子文集补编》，
社会科学文献出版社 2004 年版

《板桥杂记》闲评

嘐嘐子

人可以不死乎？曰：可。埃及有木乃伊术，可使形骸千祀如生。又或以蜡、以铜、以石像人，能乱真。此乃面目也，肢体也，服装也，非人也。有画工焉，执一人而临之，能令人见之如见其人，其斯可以不死

乎？曰：此不过画中人耳，非其人之真也。人之至尊无上之一物，为地水火风诸煞万劫之所不能销毁者，惟何？恍兮忽兮，望之不见其首，临之不见其后，无以名之，名之曰精神。精神犹车也，文章犹轮也，载精神以游行于逍遥无垠之表，上九天下九泉而无窒碍者，其惟文章乎？苏东坡曰："意行无车马，倏忽略九州。"差足道精神与文章之妙。

近世文化日进，遂有研求不死术者，窃谓可不必也。人之欲望，无尽者也，使不死，长阅人世之事故，拂意之事既多，自杀之风必盛，而机械百出，杀人之术亦必日工。攘攘斯世，无休息之一日，恐哲人处此，当有叹求死不得者。蒲留仙曰："情之所钟，本愿长死，不乐生也。"嘤嘤子曰：吾道自有不死药，何事旁求？古今不死药惟八斗，苍颉得其三，子长得其二，曼翁得其二，仅余一斗，散布人间。慧业文人，得其一勺半握，仅以自乐，不肯施人。其悲天悯人，起死人而骨肉之，令重泉之下，承阳气复活，张颐鼓掌，与千载下人揖让进退，起坐笑谈者，惟子长与我曼翁耳。

汤卿谋曰："吾人当具三副眼泪，一副哭天下事不可为，一副哭天下沦落不偶佳人……"其一则余忘之矣。嘤嘤子曰：文章之妙，笔墨之外，不可无泪。韩、柳、欧、苏之文，余读之辄昏昏欲睡。若屈原《天问》《山鬼》，李贺之秋坟鬼唱，文山之《正气歌》，谢翱之《冬青引》，皆以泪胜。嘤嘤子又曰：余平生最爱读有泪文字，自今发大愿，欲集古今有泪文字，评骘而刊布之，普天下有眼泪人拭目俟之可也。

文章之难，作史为难。而史之中，书志非难，列传为难。曼翁则并臻其妙。

史之作有以例起者，有以变起者。以例起者，事必师古，准绳是循。以变起者，则世为之。《板桥杂记》之为《板桥杂记》，庄生所谓"有大力者负之以趋",曼翁不得而主之也。

《本事诗》始于唐孟棨,乃诗格之具史裁者。《板桥杂记》分读之,一《本事诗》也。

传美人难于传英雄。英雄事业,如印板文字,易于点窜。美人之一笑一颦,一盼一睐,能倾堕城国,役使百灵。作者当搦管吮毫时,其精神已为美人之灵爽所摄,纵横卷舒,不能任意。子长能传楚霸王,而不能传虞姬,非子长至此才尽,实子长至此胆怯也。江南词人吴文璧女史永和咏虞姬云:"大王固英雄,姬亦奇女子。惜哉太史公,不纪美人死。"文璧惜太史公不纪虞姬之死,吾谓太史公至此目眙心悸,不特不能纪虞姬之死,并不能传虞姬之生也。

《板桥杂记》,曼翁之《春秋》也。据《春秋》胡《传》凡例,《春秋》之法,治奸恶者不以存没,必施其身;奖忠义者及其子孙,远而不泯。曼翁于龚孝升则黜之,于童夫人则进之;纪玉耶、婉容,并及杨龙友督师;纪葛嫩,不遗孙克咸参军。曼翁错综变化,犹此物此志也。

据胡《传》、《春秋》之文,有事同则词同者,因谓之例;有事同而词异者,则谓之变例。葛嫩与王月同一死,而予夺不同,读者当善审之。

《春秋》非世卿,曼翁进珠市妓以颉颃南曲,此物此志也。

程颐曰:"《春秋》一句即一事,是非便见于此,乃穷理之要。学者只观《春秋》,亦可以尽道矣。"吾于《板桥杂记》亦云。

寒支僧曰:"国殇如邱,子女出塞如陵。"《板桥杂记》之终于赵雪华,其有忧患乎?

孔子恶闻人,曼翁恶名士。

甲曰:"《板桥杂记》,情史也。"乙曰:"《板桥杂记》,恸史也。"丙曰:"《板桥杂记》,刑书也。"丁曰:"《板桥杂记》,沧桑录也。"戊曰:

"《板桥杂记》,群芳谱也。"已曰:"《板桥杂记》,忠义传也。"嘚嘚子曰:皆是也。皆非也。何则?《板桥杂记》非纸、非笔、非墨,非文字,非言语,玄之又玄。仁者见之谓之仁,智者见之谓之智,嘚嘚子无以名之,名之曰众妙之门。

《板桥杂记》,当于众香国中读之。

《板桥杂记》,当于孟夏傍晚,在海滨坐岸上小舟,借渔火读之。

《板桥杂记》,当往箱根浴罢温泉,卧听泉声潺湲,于电灯下倚枕读之。

《板桥杂记》,当于雪夜,令一僮刺艇至西湖三潭印月读之。

《板桥杂记》,当于暮春修禊时,置酒西湖放鹤亭中,与数知心人聚读之。

《板桥杂记》,当往焦山,登高塔,对大江读之。

《板桥杂记》,当使十七八女郎,用白绢手临一过,召名工装潢成帙,于风清月白时展读之。

《板桥杂记》,当得如《板桥杂记》中美人,如李香君、寇白门者共读之。

《板桥杂记》,当于春秋佳日,良朋雅集,爇名香,对名花倾国,坐广厦细旃层台复阁之内,酒半酣时读之。

《板桥杂记》,当于茅屋三间,腊梅二三枝,高出檐际,曝日时读之。

《板桥杂记》,当于严冬深夜,户阒人静时,开南窗,承月光读之。

《板桥杂记》,当于春江花月夜,棹一小舟,载琴书茶酒纸笔墨,放棹秦淮,令曲中佳人,歌曼翁"江南好景本无多,只在晓风残月夜"之句后,随意读之。

读《板桥杂记》时,与钱蒙叟、吴梅村、王渔洋、龚孝升、杜茶村、朱竹垞、厉樊榭诸家诗集，及《西堂杂俎》《湘中草》参阅，便觉意味深长。

读《板桥杂记》，如入华胥国，如散步桃花源，有庄周蝶梦之致。

《板桥杂记》中佳人，如葛嫩、寇白门、李香君，及遭难丽人宋蕙湘、赵雪华等，并宜得如唐伯虎其人者，为之各画一像，并撰一赞题其上，或即以钱蒙叟、吴梅村、王渔洋、朱竹垞及其他已未知名大家吟咏代之，亦佳。

《板桥杂记》当与陈其年《妇人集》《篋衍集》同时读之。陶隐居云："只可自怡悦，不堪持赠君。"凡有一寓目之缘者，当有感斯言。

《板桥杂记》当令下三种人读之：一、天下有心人，当读《板桥杂记》；一、天下伤心人，当读《板桥杂记》；一、天下多情人，当读《板桥杂记》。

《板桥杂记》不可令下三种人读之：一、有富贵气者；一、轻薄文人；一、登徒子。

嘤嘤子曰：吾生平于美人缘疏，故识浅，间读《闲情》《洛神》诸赋，不解所作何语。《板桥杂记》中佳人多矣，概不敢妄下月旦。海内大雅，当我嗤，亦我怜也。

《板桥杂记》有三大可惜。一可惜：无谢翱西台恸哭之泪，击铁如意读之；二可惜：不遇汪水云与故宫人十八人，酾酒城隅，鼓琴叙别时读之；三可惜：不经金圣叹批点一过。

《板桥杂记》中风景，当得董思翁、王石谷辈临之，悬于秘室，终日对赏，可以忘倦。

《板桥杂记》中人物，如无可法师、杨龙友督师、孙克咸参军、姜如须行人等，当各画一像，与诸佳人并受香火供奉。

《板桥杂记》,美人写真帖也。仲尼有言,如好好色。今之以好色自命者,已自不知,更何云好,毋亦肉体之感觉耳。王阳明有言,抱着黄嘴婆儿,自称好色。今之好色者,其不为王阳明所讥者,盖有之矣,我未之见也。

嘭嘭子曰:吾之评点《板桥杂记》以问世也,其末流必有借以助恶者。世俗滔滔,贵耳贱目,必有目为诲淫者,是则埋曼翁之血,千年犹碧。吾愿乞曼翁之灵诉月老,罚令此等人生生世世,配嫫母、无盐,或令堕落孽海历劫,不得超生乐国。

——《板桥杂记》,上海大东书局1931年版

附录四　余怀传记资料

余怀，字澹心。福建莆田人，侨居江宁。才情艳逸，工诗。生明季乱离之际，词多凄丽。尝赋《金陵怀古诗》，王士禛以为不减刘禹锡。与杜濬、白梦鼎齐名，时号"余杜白"，金陵市语转为"鱼肚白"。词藻艳轻俊，为吴伟业、龚鼎孳所赏。晚隐居吴门，徜徉支硎、灵岩间。征歌选曲，有如少年，年八十余矣。尝撰《板桥杂记》三卷，记狭邪事，哀感顽艳，亦唐人《北里志》之类。又有砚癖，蓄砚最多。既老，分与内外诸孙。著《砚林》一卷。后竟以客死。著有《味外轩文稿》、《研山堂集》、《秋雪词》一卷、《宫闺小名后录》一卷。

——《清史列传·文苑传》

余怀，字澹心，一字无怀，自号曼翁，又号鬘持老人。崇祯中布衣，寓居江宁。才情艳逸，伤板荡，悯流离，词多凄丽。尝赋《金陵怀古诗》，一时名流传诵。王士禛称其不减刘禹锡，选其诗入《感旧集》，又赠之诗云："千载秦淮水，东流绕旧京。江南戎马后，愁绝庾兰成。""钟阜蒋侯祠，清溪江令宅。传得石城诗，肠断芜城客。"阎若璩尝言父执余澹心诗，今人不能到。邓汉仪亦谓怀诗纯以气象胜，是初唐沈、宋之遗。怀又尝作《板桥杂记》，述曲中事甚悉，自比《梦华录》。后隐居吴中，徜徉支硎、灵岩间。及卒，尤侗挽以诗，有云："赢得人呼鱼肚白，夜台同看党人碑。"鱼肚白者，江宁市语染名也。怀与杜濬、白梦鼎齐名，号"余杜白"，故云。子宾硕，以渊博闻。

——道光《福建通志·文苑传》

余怀，字澹心，别号鬘持老人。莆田人，流寓建康。生于明之季年，伤乱流离。词多凄丽，尝赋《金陵怀古诗》。《孙楚酒楼》云："江城西畔酒楼红，无数杨柳迎春风。孙楚去后李白醉，千年不见紫髯公。"《劳劳亭》云："蔓草离离朝送客，骊驹愁唱新亭陌。夜深苦竹啼鹧鸪，空床独宿头俱白。"尚书王士正咨赏之，以为不减刘宾客。《谢公墩》云："高卧东山四十年，一堂丝竹败苻坚。至今墩下萧萧雨，犹唱当时奈何许。"《雨花台》云："雨花台上草青青，落日犹衔木末亭。一线长江三里寺，千年鹤唳九秋萤。"《朱雀航》云："红旗曾挂大航西，日暮萧萧疏鸟啼。野火闲云空满地，桥边风雨夜凄凄。"撰《板桥杂记》三卷，记狭邪事，哀感顽艳，亦四水潜夫记武陵旧事意也。怀与杜濬、白仲调齐名，号"余杜白"。怀《自松陵至樵李舟中杂咏》云："一河春水涨桃花，小艇随风日未斜。蝴蝶纷纷满芳草，独怜游子不归家。"竟以客死。征歌选典，有如少俊。吴伟业赠诗云："石子冈头闻奏伎，瓦官阁下看盘马。"长洲尤侗吊之云："赢得人呼鱼肚白，夜台同看党人碑。"鱼肚白，金陵市语染名也。有《味外轩诗》，多散佚矣。

——钱林《文献征存录》

家藏文库书目（持续更新中）

- 大学　中庸
- 三国志选注译（上、中、下）
- 水经注
- 唐才子传
- 商君书
- 孔子家语
- 法言
- 随园食单
- 板桥杂记
- 抱朴子内篇
- 大唐西域记（上、下）
- 洛阳伽蓝记
- 地藏经　药师经
- 东坡志林
- 朱子读书法
- 武林旧事　附《增补武林旧事》
- 扬州画舫录（上、下）
- 徐霞客游记（上、下）
- 曾国藩家书
- 梁启超家书
- 郑板桥家书
- 古诗十九首　乐府诗选
- 阮籍诗选
- 庾信选集
- 孟浩然诗选
- 李杜诗选（上、下）
- 韩愈诗选
- 柳宗元诗选
- 杜牧诗选
- 苏轼诗文选
- 黄庭坚诗选
- 陆游诗文选
- 王阳明诗文选（上、下）
- 花间集（上、下）
- 晏殊　晏几道词选
- 欧阳修词选
- 苏轼词选
- 秦观词
- 周邦彦词
- 姜夔词
- 豪放词
- 婉约词
- 先秦散文选
- 唐宋散文选
- 晚明散文选
- 古文辞类纂（上、下）
- 唐人小说
- 牡丹亭　窦娥冤
- 西厢记　桃花扇
- 喻世明言

警世通言	帝鉴图说
聊斋志异	四字鉴略
镜花缘	声律启蒙　笠翁对韵
儒林外史	重订增广贤文　名贤集
千家诗